刘晓岚

著

Harmony Between
Peace and Noise

和喧嚣
平静相处

经济管理出版社
ECONOMY & MANAGEMENT PUBLISHING HOUSE

图书在版编目（CIP）数据

和喧嚣平静相处/刘晓岚著 . —北京：经济管理出版社，2016. 9（2017. 4 重印）
ISBN 978 - 7 - 5096 - 4584 - 0

Ⅰ. ①和…　Ⅱ. ①刘…　Ⅲ. ①随笔—作品集—中国—当代　Ⅳ. ①I267. 1

中国版本图书馆 CIP 数据核字（2016）第 204106 号

组稿编辑：宋　娜
责任编辑：宋　娜
责任印制：黄章平
责任校对：超　凡

出版发行：经济管理出版社
　　　　　（北京市海淀区北蜂窝 8 号中雅大厦 A 座 11 层　100038）
网　　　址：www. E - mp. com. cn
电　　　话：（010）51915602
印　　　刷：北京晨旭印刷厂
经　　　销：新华书店
开　　　本：720mm × 1000mm/16
印　　　张：17. 75
字　　　数：223 千字
版　　　次：2016 年 9 月第 1 版　　2017 年 4 月第 3 次印刷
书　　　号：ISBN 978 - 7 - 5096 - 4584 - 0
定　　　价：68. 00 元

序

2006 年以来，在金融街工作的日子，每一个清晨和傍晚或者深夜，行走在楼宇和街道之间，在繁忙中感悟喧嚣，在沉寂中积聚热情，忽略着生活的琐琐碎碎，记录着沉思的点点滴滴，日积月累汇聚成《和喧嚣平静相处》。

《和喧嚣平静相处》是随笔也是日记吧。也许文体并不重要，每天从事近似于种地的金融工作，思考种地和金融以外的事情，既是消遣也是学习，不仅充实着繁忙的工作和生活，也丰富着对生的认识。时代前行，个人无论与时俱进或者与时俱退，都是一个过程，有些问题长盛不衰，有些问题随风而逝，记下了，忽略了，充实着生命的过程，也许并不止于此。

愿《和喧嚣平静相处》能遇到同道，愿我的沉思断想能够引起同感或者批判。

刘晓岚

2016 年 8 月

目　录

0
4
8
/
文学随想

金融街种地

金融街楼宇的高度

金融街楼宇的高度，也许并不能代表人类的野心，尽管城市楼宇的高度多多少少反映了人类的欲望。

从宽阔、典雅、稳定、延展以及被历史感浸染太久的红砖绿瓦，到形状各异到处是不甚透明的玻璃窗，人们的审美趣味发生了怎样的改变？ 在风雨欲来、阴霾沉沉的早晨，北京像一个陷入重大沉思、神情凝重的男人，令人敬重，也让人疑惑：负担，沉重的负担，也许会压垮钢铁般的意志，因为具有钢铁般意志的人也是血肉之躯。

也许正是如此，在秋天来临、雾霭沉沉之际，人们才需要温暖与关怀。 人们心中所想的，某些时候高度趋同。 我们有什么不一样，人性到处都一样。 人们建造的城市也表现出高度的一致性。 金融街的高度与宽度，除了体现特定时代的特定风貌，还能诞生怎样的故事？ 确实挑战人们的想象力。

人类想象力达到的高度，是一个城市和一个街道的魂魄所在。

从金融街的高层望去

从金融街的高层望去，城市的天空被灰尘笼罩，失去了昨日和清晨的清澈。 好天气必须是太阳和天空共同谋划，尽管人们总是一厢情愿地期望空气好，环境好以及一切都好，却经常做着和期望相反的事，层出不穷，反反复复，然后期盼，然后抱怨，然后再修正，等等。

人类不屈不挠的好奇心推动着社会发展，改天换地的豪情改变着土地的面貌，各种各样的建筑展示着人类的雄心与梦想，或者还有让周身发热的光荣与虚荣。 人类在创造文明，文明也在改变着人类，甚至是摧毁。 因为那个巨大的疑问一直在困惑着渴望长生不老的人们：我们从哪里来，我们到哪里去？ 中间又经历了什么？

但是，那些单纯的人们没有更多的负担，乐天知命、态度怡然；那些简单的人们以简单的态度对待复杂的生命，随遇而安，随波逐流！ 还有那些不屈不挠与生命抗争的人们，将身心力量发挥到极致，散发着不可抑制的英雄气，无怨无悔；更有圣者，淡然而来，飘然而去……

还需要想很多吗？ 我看不需要了！

金钱的颜色

爱情的颜色，生命的颜色，生活的颜色、金钱的颜色等等。

和生命、生活、爱情比起来，金钱不过是一个媒介，就像金钱最初的功能，不过是简单的交换媒介。 但是，一个非常次要的媒介却变成了主要角色，人们甚至为它铺设了街道，建筑了高楼并以此为生，不仅是发明者的困惑，甚至身居其中以此为职业的人也会疑问：

金钱，金钱是如何变得如此重要的?

金钱既为生活着色，又为生活卸下浓重的情谊，让人们感受比季节更分明的冷暖。 金钱的颜色在拥有者的口袋，随时准备散发人们想要的光芒，温暖与冷酷瞬间转换。 金钱是如此简单，却成就着世界最不平凡的事件。 把世界搞乱或者把世界搞好，金钱并不通神，却和拥有它的人共谋，制造的事端连神也会惊愕不已。

一件衬衣可以变成金钱，金钱也可以表达衬衣。

经济学家总是习惯用他们发明的供求理论解释世界。 在物质过度丰富，贸易过分畅通的当代，人们的虚荣心和千奇百怪的心理诉求早已把供求理论肢解，就像金钱在人们生活中的升位，供求理论在经济学理论丛林中正在下位。 这是没有办法的事：要想让传统经济学成为新一代人们的显学，要么改变经济学家的看法，要么改变当代人的看法，两者都很难。 难有难的好处，因为难，激发了人们的无穷想象，也造就了人们生存和研究的新领域，开创了生活的新机会。

在这个挑战人们思维的时代，人们的感觉充满不确定，有时欣喜，有时惆怅。 人们时刻需要安全感，又时刻制造不安全。 金钱，在人们的生活中也不是金罩衫，多数时候就像雨天金融街阴沉的颜色。

当农民尤其不能急

饥不择食，慌不择路，种地太忙就忘记了看天。

优美清爽的傍晚，有云的傍晚更浪漫也更温馨，种地看天是农民的本色，任何时候都不能忘记。

自然的恩赐，离开庄稼地，到另一个庄稼地。那些旺盛的植物在夜晚、在雨中、在清晨，静默成长，仿佛安详丰腴的女人，等待秋天的到来。某个哲学家说过：越是高尚完美的事物，成熟期越是姗姗来迟。这也意味着：符合季节规律的成长才能结出饱满的果实。

所以，不能急，当农民尤其不能急，是真正的农民就要有一颗合乎圣道的安详而纯真的心态。

种玉米还是种杂粮？变还是不变？看天行事还是时刻盯紧市场那张喜怒无常、变幻莫测的面庞？

生命的季节，不仅"选择"考验着人们的智慧，"坚守"也在检验着人们的耐力。那些静默生长的庄稼，在 8 月的傍晚、金融街的傍晚，可以给人带来安慰。人们无论怎样进化，民以食为天，种粮吃饭，这等基本劳作和需求，还是亘古不变的。

有这样一种不变，有种地这样一种劳作，让世界变得踏实可依靠。即使，在金融街，泥土的气息仍然是最可信赖和亲切的气息。

从收成的角度看，任何一项工作都如同种地

从收成的角度看，任何一项工作都如同种地。 种地简单又复杂，很多时候超出文字描述之力。

时代在进步，尽管种地的工具极其多样，但产出的农作物不会发生太大的变化，玉米还是玉米，小麦还是小麦，即使是给了补贴的玉米和小麦，还是属于粮食。

但是，这样的认识一定对吗？

实际上，玉米、小麦甚至棉花之类的农产品，已经被金融化了，严重市场化了，这些被强加了个人或者利益集团意志的农作物，和货币一样在金融市场飞舞，上上下下，让人们心神不定，让每天吃饭的人们心神不定。 生有度，爱有度，寂寞和喧嚣亦有度。 只是，我们不知道，我们的内心需要怎样的度。 因为，在有组织的社会，度的把控实际上更难了，几乎每刻，都在考验着我们的体能，锤炼着我们的心智。 就一个生物意义上的人来说，我们知道的太多了，就发展的愿望来说，我们知道的又太少了。 有限的一亩三分地，能产出多少粮食？ 多与少，常年纠结于多与少，如同不是智者，却产生智者的忧虑，是生的烦恼之一。 需要时刻警醒的是：当农民尤其不能急。

深邃凝重的金融街

时代应该培养自己的巨人，或者凝聚属于自己的英雄气，不能陷入无止境的细节，无论工作还是生活。

深邃凝重的金融街，逐渐被阳光普照。 欲望的光芒与发展的渴望，让这个街道有了别样的风貌。 但是仅仅具有金融知识是不够的，即使把全世界存在的所有金融知识都搬过来，也无法凝聚自己的特色，形成自己的魂魄。

注入思想，焕发属于时代的活力，在和人类野蛮与虚荣抗争的过程中，这个街道的见证与积累。 一定需要时间，一定需要风雨，一定需要蔑视金钱。 尽管，金融这个行当离不开金钱。 金融街的不凡之处在金钱之外，那是人类历史长河中文明的轨迹。

阳光普照，喧嚣依然，这个被行人和车辆占据的街道，还有单薄的小树，开始了新的一天。

保守是一种态度

保守是一种态度，是对现存的、经过时间历练的事物的认同和尊重。 保守是厚重的积累，是进步的顶端，是洞察时势后的清明。

保守并不意味着停滞不前，而是审时度势后的前行，在不动声色中变革，在稳健行进中发展。 就像缓慢生长的爱情，稳固而恒久，需要耐心和勇气，更需要坚持和坚守。

保守不好吗？ 不过很少有人做到罢了。

金融街，聚集太多货币符号的地方，甚至播放的音乐都染过金钱的气息，和午餐的味道混杂在一起，形成金融街中午的味道。

　　可是，又怎能否定金钱的好呢？ 所有的好都是相对的，只有金钱是绝对的好，钱能抽象地满足一切。 是的，金钱遭到太多的诋毁，也拥有了太多的热爱，被人创造出来的交换媒介，最终要超越人本身的价值，只有人，才能有如此伟大的发明！ 拜物，是由于人们渴望抓手、渴望恒生、逃避不可挽留的命运？

穿行于文字和数字之间及其联想

　　穿行于文字和数字之间，既有博大的趋势演绎，又有奇异关联的蛛丝马迹，如萌生的万物，彼此心照不宣，共同生长。

　　莫言不种地却把玉米地描述得异常壮观，深不可测的玉米地仿佛生命的海洋，那些故事随风散去，玉米地长存记忆；还有北京西南石楼的麦田，翩然深远，一望无际；还有祖国大地从南到北梯次布局、壮观无比的农田，以及数不清精耕细作的农家院落。

　　那些茁壮生长的作物明证着农民的汗水与期望，仿佛秘密的生殖，悄然无息。 事实上，一切生长都悄然无息，甚至资本，甚至金融街。 也许金融比种地更甚，是个更加寂寞的行当，日出而作，日落不息！

收成较好的几乎
都是外地乡下人

也许，与城市保持一定距离，是获得灵感的唯一路径。

喧嚣的城市确实给人们带来种种生活的便利，同时也钝化着人们的灵性，随波逐流，人云亦云。

不经意地，人们也许会发现：有所作为的人几乎毫无例外都是外地人，并且还是外地乡下人。 也许乡下那种合乎圣道的淳朴民风更能激发人们的创造力。 还有，就是空间广阔、视野高远，梦想远大，从乡村到城市，这个历程充满了令人迷恋的遐想。

金融街种地收成较好的，几乎都是外地乡下人。

主张太多等于
没有主张

众声喧哗，世界进入多边时代，主张太多等于没有主张，谁也进入不了主张可实施的阶段，时间在探讨和寻求共识的喧哗或者沉默中度过。 滴滴答答，时钟不紧不慢，人们在失去什么？

思想是为行动服务的，尽管思想仿佛闲暇的副产品，但是思想诞生的真正用意还是实践。 把思想付诸行动，思想的力量迸发，可以变成火箭、炸弹或者任何武器，改变或者统御世界。 当然，思想变成金钱更好，金钱可以抽象地代表一切，甚至为情感效力，特别是在当下。 当然，这样的认识一定会被列入流俗，如果我们不那么偏激，一切的高尚也许自流俗始。

令人失望的是：金钱不能通神，或者神并不怎么在乎金钱，比如金钱不能堵住人们的嘴，金钱不能解决人们的喋喋不休，甚至金钱在助长众生喧哗。　看看网络也许明白一些：表达的欲望比追逐利益的欲望更强烈，或者同等强烈。

人们在民主的喧哗声中混迹太久，强权也许是不错的存在，俯首称是，顺从简单，甚至可以产生伟大的敬意或者信仰，平复喧嚣；而在集权的压制下存在太久，民主会成为最大的向往，任何表达都是人性重要的快乐。

循环往复，人们需要的是变化，而不是一成不变和恒久如一，即使对待社会制度方面亦如是。　但是不能否认人们又是如此不同：有的人打死也不说，有的人打死也要说。　就其两者的比例看，沉默总是少数，也许是重要的少数。

世界进入多边时代，比较棘手的现实是：坐在桌边的主角太多，为利益而来，在没有找到共同接受的平衡点之前，谁也阻挡不了，众生喧哗。

美德和财富的优先次序

从城市的一端到另一端，从一个地方游移到另一个地方。思想随时准备制造事端，与安宁作对。　也许一颗忧郁的心灵与快乐无缘。　在喧嚣的世界上，美德随时准备散发人性的光辉，财富和权利却随时准备让美德退场。

美德和财富的优先次序，人世间几个矛盾难解的次要问题之一，基本是没有答案的问题。　当然首要问题是生存，在茹毛饮血的时代，人们基本不考虑这个问题，人类的心智基本为吃饱肚子上树狩猎的阶段，不会思考如此次要的问题。　即使到了当代社会，思考这样的问题基本也是枉费心智。　在当下或者久远的未来，人们将永远在通往美德的道路和通往财富的道路上游走，坚持不懈，生生不息。　伴随的思考也终将未果。　亚当·

斯密以及后来的学者们几乎一致认为：通往美德的道路和通往财富的道路截然相反，尽管人类还是希望它们是一条路。

也许，学者们的考虑太过偏颇，或者根本要忽略优先次序这样的问题。谁先谁后，如同拷问物质和精神谁是第一位的。物质和精神共谋成就了人，越来越进步的人，美德和财富也一定是互为促进，向着更高的目标出发，只要我们相信走在进化与进步的道路上。

唯我独尊、淡然入世的态度

金融街的沉寂。

假日来临，即使金钱也开始寂寞，像任何一条被人迹侵染的街道，离开了人便显得落寞空旷，甚至荒凉。那些钢筋混凝土凝聚起来的稳固庄重显得孤独，就像人迹消失后沙漠的宫殿，莫名的味道。

习惯寂寞也许是一种心情、一种唯我独尊、淡然入世的态度。在太过喧嚣的尘世中存在，寂寞与孤独也许是自卫，也许是本能，也许是知其无可奈何而安之若素的泰然。尽管如此，金融街夜晚诡秘的灯光还是可以激发想象，激发未知的感觉，就像年复一年周而复始种地，春去春又回之后，总能带来新奇，这也许是生可留恋之处。

澄澈诡秘，金融街夜晚的灯光令人无限遐想。

人们怎样热爱着生？又怎样离去？在这个过程中，欢娱与苦痛相伴，困惑与清醒交织，而真诚和单纯的那一刻，更让人心痛！那些渴望和希冀的面庞，那些困倦与无奈的神情，和坚毅与执着的神情一样，都是人们的表情，表达着生，表达着存在，而只有存在才有如此之多的感受与分歧。

所有被太阳普照的建筑，都散发着光芒

清冷而澄澈的金融街，这条被柏油和水泥铺成的灰色街道，在阳光的照耀下，闪现明亮的光芒，少有的光芒！ 所有被太阳普照的建筑，都散发着光芒，清冷而诗意。 清冷和光芒是天赐的，诗意和清澈是我的感受。

人们如此热爱着生，那些也许是享受，也许是磨难的伟大发明，如果"伟大"这个词不那么高不可攀的话，让人们在得与失之间逡巡徘徊，感受着生的种种痛，种种快乐，种种期待！

节日可以列为这类伟大发明之一，也许我们已经不能理解祖先的心思，就像我们不能理解那个神秘主宰阴霾过后的异常澄澈。 人们不肯安息下来，迁移游走，奔波劳顿，只为想象中节日的欢歌！

金融街也许真的放假了，如此清静，甚至难觅行人，车辆也稀薄可数，沉寂得令人心悸。 也许，过分的沉寂如同过分的喧嚣一样，都可能让人不那么平静，如同面对传说中著名的美人一样，最好保持一米左右的距离，刚刚好！ 太远，是传说；太近，则梦碎；当然，恋爱除外，但是，此时的感觉是个特例。

节日催生闲情，即使金融街也有了某种休闲的气息。 当政策、规章、制度等各种规矩暂时休假，金融街的建筑也开始散发民俗的气息，在阳光的普照下，需要清洗打扫一番，仿佛一个疲惫的男人需要清洗一下沧桑的面容，需要休整歇息。

未来那些被遗弃的房子

若干年后，也许是半个世纪，将有一部分人以房产核查为生，为繁华时代满世界购买的房子核定前世今生，然后注入活力，或者杜撰故事。房子，遮风避雨的处所，为后人创造岗位，创造职业，算是当代人对后代最宽宏的遗赠，如果房子作为财富可以永久传承的话。当然，还有令后人感叹的执着与疯狂，每个时代的人都会有迷惑不解的感叹：前人的某些作为真是匪夷所思！

不知道后代能否承继如此的执着与疯狂，或者理解？把房子作为投资理财工具的热情，能够持续多久？这个疑问虽然考验人的判断力以及远见，但基本不是一个问题，因为，时代的风向标随时准备倒转。

每个时代都有突出特征，那些绕不过去的拐点，也许是时代风尚，如同变换的流感，不常在，却常有；仿佛阶段性发作的病症，带有周期性特征，类似又不同。不管怎样，一代人有一代人的活法，一代人有一代人的宿命，任谁也改变不了。和人性抗衡，大多数人败下阵来，少数人妥协，另外的选择顺其自然。

这个时代，人们被房子分散了太多的精力。

对伟大的幻想与渴望

人们对伟大的幻想与渴望，没有像对食物的需要一样迫切，但是对于那些对精神有特别要求，以及希望在这个世界扎根立足、建功立业的人，对伟大和伟大精神的需求，甚至比食物更重要。

思想是人们的精神食粮，优异的思想就是精神的高级补品，虽然这个比喻太过世俗，也算恰如其分吧，在当下。

以高度客观的态度高屋建瓴地考察和分析生命，是哲学家的使命，是伟大哲学家的使命，能够担当此任的人，寥若晨星。如果标准降低，把经世之用也计算在内，虽然谈不上伟大，但是尚可指导苍生谋取生计，这样的人就太多了，多到不计其数，可以分门别类列示清单。但这样的清单至多算是个索引，大致翻掠即可，不必太浪费时间。

人们需要前人的经验，更需要自己践行，开辟新天地，为伟大和传奇开疆拓土，人们还需要被指引的生活，无论行动还是思想。伟大发挥的作用是把人们的精神和追求推向高点，把潜伏在人们内心深处的欲望和能力释放出来，让人们充分感受人类自身潜能的无限，令人心醉，积极向上，甚至是无以言表的迷恋与痴狂。

是的，蛰居在人类身上关于伟大和伟大精神的英雄梦想，焕发出的优越感，足以让人们世世代代奋斗不已。

好高骛远的
乐观主义精神

大命题，往往超脱到令人好高骛远的境界，那是一种脱离现实的理想，却不断引领人们前行。 不管受到多少诟病，还是在各个时代各个时期，保持着旺盛的生命力。

人们，需要现实的生活，平静而琐碎，不仅需要保持超级的耐力，甚至需要荣辱不惊的圣哲之心。 看看道尔泰莱市场深陷喧嚣、不停劳作的人们，对"持续"和"进取"也许会有更好的理解。

人们在土地上共谋生存大计，抵御风寒炎暑侵袭的同时，还要和生命的限度抗争，用种种理论和实践，甚至回避，甚至妥协。 但是，人们没有放弃，以好高骛远的乐观主义精神，生生不息。 既要生存，又要生活，还要突破生存和生活的疆界，无限挑战自身的极限，这就是人及人类的历史。

节日的天空以及
劳动是否光荣？

晴空万里的节日以及寂寞的金融街，那句话是否真实？劳动最光荣？

劳动最光荣也许是对不热爱劳动的警示，因为，任何时代都有好逸恶劳的人，甚至鄙视劳动的人，这也许是根植于人性深处最大的弱点。 对劳动者不怎么尊重在任何时代都存在，这个时代也未幸免，比如农民这个词多多少少带有一些贬义，至于农民工更是带有强烈的时代色彩。

劳动最光荣带有一些说教的意味，但是劳动最快乐却是千真万确的事实。 凡是参加过劳动的人都知道：所有挥汗如雨的劳动之后，都有一种痛快淋漓的感觉，虽然种地是辛苦的，但劳作之后的感觉却是畅快的。 为劳动设个节日，也许是在表明：劳逸结合，休息好的前提是要有足够的劳动强度，否则，休息日的轻松也不见得那么值得期待。

也许，我们追求的并不是轻松，而是追求感觉的对比：所有的事情都是相对的，人们在对比中感受着生的种种乐趣和烦恼。 如苦与甜，爱与恨，喧嚣与寂静，等等。 强烈的对比冲击着人们的感觉，强化着生的种种记忆。 甚至思念，也由于分离唤醒了内心深处最了无边际的幻想，甚至妄想。 由于远离诞生的种种爱与哀愁，几乎可以动用所有的心思，那些流传下来的著名诗词歌赋，是关于思念的最高表达，达到极致即无语，连话都不想说了，多么痛切！

劳动是生命的一部分，休养生息只为再战；娱乐也是劳动的形式之一，只不过娱乐是为取悦自己而消耗精力。 如果人们有圣哲般的思考，养精蓄锐那个词也许会派上一些用场。

早晨起来，仔细阅读了关于邯郸的成语典故，真是趣味无比，博大精深。 知道的不多，也许是我们流连这个世界的重要理由之一。

保险公司及其安全感

安全感，是人们生存在这个世界上的基本诉求，如果人们还希望在这个世界生存，安全感是首要感觉，位居幸福之前。安全感寻求受保护，包括大自然的庇护，宗教在这里发挥了部分重要作用。

但是，宗教不能解决所有问题，有时甚至无能为力。 政府亦不能完全满足，即使好的政府也不能包揽个人生活全部事务，不管这个政府多么尽职。

但是，保险及其保险公司，这个人类社会最伟大的发明之一，宗教和政府不能办到的事情，保险公司却可以办到，人们通过每年花上一些钱把可能的不幸卖掉，有了如此保障，人们尽可以去追逐他们期望的千奇百怪的幸福感觉了。

和不确定性打交道

不确定性，当人们享受不确定性带来的机遇与新奇时，也深深受到不确定性带来的伤害和折磨。

旧居和老物件，表达着稳定却逝去的气息，安详无忧。这样的感觉是生之初给予的，一切安好祥和，因为心境是安好祥和的，没有经历过或者经历的不多，没有被不确定性侵袭。

但是，日月轮转，四季更迭，不确定性周而复始，以它不可改变的节奏考验着人们的耐力。悄然变化和骤然翻转，彰显着变化的魅力，虽然这魅力如毒药，既治病也致病，既考验身体也历练精神。

人们已经不太使用变化这个词了，改革和社会转型成为人们语言中的新宠。也许这个词更能体现主动性吧。在主动与被动之间，人们更喜欢主动，主动更能体现自我中心主义者的强权？也许是吧，这样的思考仅供自娱，确实有趣味，很有趣味！

和不确定性打交道，前提是要有明确的主张：以不变应万变，或者以万变应万变。人们是怎么做的？都有。不确定性既被人喜欢，又被人痛恨。爱恨交加，落入了俗套！

俗套大网，承担的东西太多，再放一件也无妨！希望人们适应它：不确定性。

风险及其风险观

　　由于不安全以及不确定，风险映入人们的视野，风险观深入人们的思想。 但是人们并没有因此止步，每天还是前行，四处周游，感受着风险带来的乐趣。 事实上，虽然人们在办公室把风险研究得通体透彻，走出房间还是忘掉了，步履轻松地生活或者工作。

　　人们对风险的归纳非常清晰：市场风险、信用风险、流动性风险、声誉风险、操作风险等等。 人们为了规避风险还发明了保险公司，保险公司为了规避风险，把保险再套上一层叫作再保险等等，把风险卖掉，让不安全和不确定尽量可控，找回那种貌似稳定、安全的感觉，即使是暂时的。

　　这不能说明人类是聪明的，只能证明人类世世代代在土地上生存太久，积累了经验。 就像老年人总是比青年人经验多，却不如青年人可爱。 这个话题最好回避，风险及其风险观最好也回避。

　　这个世界上的很多事，人们多多少少都明白一些，但是往往避而不谈，仿佛智者的微笑，究竟知道呢，还是不知，或者知道得不多？

　　对于那些追求幸福与快乐，乐天知命的人，尽可以把风险及其风险观当作空气一样，忽略掉。

即使是悲悯
过后的谨慎乐观

无论怎样的天赋才情或者智力超群，在历史的长河中，个体都是那么微不足道，如同沧海一粟，如同风中之尘。而人们，人们从来没有屈从于生命的短暂与岁月的更迭，坚持不懈地与岁月抗衡，生生不息，为人生大梦注入、不断地注入思想、激情和活力，任艰难险阻，无所畏惧，即使盲目，即使方向错了，也在所不惜，任时代洪流滚滚向前！

也许未来，并不如人们期待的那般美好，一如逝去的岁月也曾有过瑰丽的旧梦。但是在生的征程上，人们是需要乐观主义作为支撑的，即使是悲悯过后的谨慎乐观，也足以支撑起人们对未来的期待，那是人们世世代代、生生不息的理由。所以，不能想得太多，一定不要太多，具备一些常识就够了，太多，则梦碎！

所以，庸常的生活也有无尽的趣味。

所以，劳作疲惫之后，帝都五月的天气才格外晴朗迷人，甚至清风也如同爱人的低语，令人心醉神迷。

傍晚即将来临，如同一个农人，放下工具，在寂寞的田间地头，和庄稼一起沐浴夕阳和晚风，倾听自然之声，和草木共存，和自然同在。

开发商在我们这个时代泛滥成灾

　　远远望去，价格不菲、高耸入云的钢筋水泥丛林，密密麻麻，灯光诡秘，散发一种骇人的恐怖味道。而人们身居其中得到的是安全感。安全感，的确是一种感觉，或者有时是错觉。

　　不能太远，了无边际的感觉太虚幻；当然也不能太近，太近，则梦碎。不远也不近，这是什么样的距离呢？很难度量，多数时候，人们只能跟着感觉走，随波逐流。

　　精于计算的经济学家并不多见，好像韦伯是其中之一；精于计算的开发商到处都是，在我们这个时代更是泛滥成灾。甚至可以引领经济的发展方向，更甚的是让各路人等鞍前马后，助长开发之豪情，经年不衰！

　　开发商总是在政府调控下成为胜者，还有一点很重要：人民群众在捧场，而且捧场热情空前高涨，不可阻挡，匪夷所思！人们对贩卖蔬菜的小店主时有抱怨，却对开发商出手大方，甚至不惜背负终身的债务，仿佛拥有圣者的胸襟，除去那些为遮风避雨不得已而为之的需要，另一个原因是：投资发财的梦想太过强大！

　　人们忽略了一个事实：这个世界能达到高点的，都是少数人的事情，思想、情感、财富、技艺或者长寿等，那是普通大众永远突破不了的疆界，房子这件事也不可能是个例外。

也许，经营风险的行业对中庸理解更深！

央行降息，预料中的降息。决策者的决策被充分预估，万无一失，央行犹如一个忠实的执行者，仿佛民主时代真正到来。但是民主时代就真的有那么好吗？

这是一个可以引起重大歧义的疑问，超过了我回答的能力，我也不准备花费心思考虑。今天阳光明媚，由价格引发的深思延续着：

时代在发展，根植于人们心中的各种经济学理论也与时俱进地发展着，众说纷纭，考验着这个时代人们的心智，生活和生存变得不再简单，虽然生命到了某个阶段总是向往简单。

价格统御一切，这个似是而非的观点在现实中好像真是那么一回事。利率是货币的价格，薪酬是人的价格，地租是土地的价格，生活中的衣食住行无不标上价格等等。人们在讨价还价中推动社会前行，如果我们不那么严谨地看待社会发展的话。由此引发的问题是：人们由于某种技能或者稀缺，开始漫无边际地定价，达到令人匪夷所思的地步，如各种莫名其妙的奢侈品、高耸恐怖的楼房，计时功能的手表、美丽的石头等。

银行是这个社会中最规矩的行业之一，改革开放 30 多年来，没有哪个行业如此价格公开、整体划一，尽管不断受到指责，还是在严格的约束下行走在经济丛林中，总体中庸。也许，只有经营风险的行业对中庸理解更深。

毋庸置疑，央行、银行的银行是人类比较伟大的发明之一，发挥着社会稳定器的作用。2015 年 2 月 28 日降息，具有标志性意义，意味着银行利率整齐划一的时代开始终结。

当然，从历史的长河中去看没有那么重。 考虑到我们都是阶段性的产物，意义还是很了得！

人们的要求越来越多！

人权、工作和生存的权利，人们喋喋不休地争论着，从一个世纪到另一个世纪，没有尽头。

一方面，借助新闻和媒体的传播，一旦有人提出什么"设施"或者"机构"，到处都会有人要把它们付诸实践。 经济全球化的时代，人们如此热心工作，各种概念都可以成为投资品，为那些听风就是雨的人们提供了充分的舞台。 有趣的事，听风就是雨最后还能变成现实。 看来，"梦想有多大，舞台就有多大"不仅仅是励志警语。

虽然社会为人们提供了无限的机会和可能，但是在个人生死存亡这类大事上，社会基本无力担当，如果把个人的生死存亡也托付给社会，等于是在难为社会，虽然国家可以通过强制手段保证国计民生，但是具体的工作和生活还得由个体的人自己做主，国家和组织不能替代人们生活，不管国家多么强大。

人们的要求越来越多，而且还能提供相应的理论，看看这个时代异常发达的网络和各种争议与分歧，就可略见一斑。与之相适应，债务也越积越多。 堆积如山的债务，把原本属于子孙后代的财产提前挥霍掉，这种做法本身就已表明：没心没肺的自傲自大是这个时代某类人的性格特征。

当然，历史地看，不独这个时代如此，历史在重复，就像流行感冒，从 19 世纪的欧洲传染到各个国家，那些半吊子的专家深陷病中还以为进入了新境界。

神秘的脑垂体何时疲倦？

据说，脑垂体是人体内最复杂、最重要的分泌腺，复杂到什么程度，我不知道，一定比金融街的楼宇复杂，比楼宇内诞生的产品复杂，华尔街的产品也比不上，虽然华尔街的金融产品曾经把世界搞乱，因为这些所谓的产品诞生基本都有脑垂体的功劳。

脑垂体深居人脑底部，犹如隐藏的秘密指挥所。如果人们希望了解清楚，必须是个专家，其实专家和普通人相比，不过是了解得相对多，知道一些，不知道的更多，如同这个世界上的很多事。但是，了解脑垂体，毕竟是一件很迷人的事，凡是能够激起人们好奇的都是好事，因为好奇而专注，人会变得很美，安详而纯净，而内心却涌动着不可抗拒的激情！

脑垂体在谋划什么？它是怎么操控一个个躯体的，是此非彼？这基本是个无解的问题。神秘的脑垂体何时疲倦？不，它永远不会疲倦，因为它的重要职责主导生殖冲动，世代相沿！

关于情感

激情化解着所有的
困难险阻

激情，当我们谈论激情时，更像是谈感受。

在狂飙突进的时代，仿佛积聚了几代人的激情，让社会的各个方面发生剧变。 被激情驱使的一代人，被理想激发，被梦想引领，或者是那个神秘的主宰令基因突变，让一个时代发生异彩，而生活在那个时代的人却全然不知，留下一堆后人无法企及的成就，包括思想、艺术以及各种建筑和物品，令后人追思效法，却无论怎样也无法超越。

一个充满激情的人更是充满迷惑的魅力。 激情会让盲从变成克制，克制变成热烈，激情也同样会让一个人视周边而不见。 被激情驱使的人永远向前，踏平一切的阻碍，或者在阻碍中汲取力量，激情化解着所有的困难险阻。 一个被激情驱使的人忽略他人的感受，是个彻底的自我中心主义者，时而谦谦君子，时而狂狮怒吼，一切为着心中的激情。 充满激情的人仿佛被烈性酒精浸染，有着酒鬼一般难以解释的豪情，时刻感染着周边，既令人愤怒又令人向往，而他却可以心安理得平静地睡去，像个孩子。

激情，当我们心怀虔诚认真考虑这种令人困惑，又令人百般迷恋的情感时，一定要感谢那个神秘的主宰，春天涌动的激情，正是他慷慨无边的赐予，悄然萌发的激情，催生万物，开辟新的未来。

激情，人类情感世界中最美的花朵

激情，人类情感世界中最美的花朵，令人沉醉，同时也充满了无穷的力量。

一个充满激情的人是不惧寒冷的，酷暑也奈何不得。 被激情驱使的灵魂犹如斗士，在世俗生活的海洋中掀起巨澜。激情可以冲破一切阻碍，更无惧风雨。 一个充满激情的人可以在刀山火海中徜徉，仿佛盘旋在自己的根据地。

激情犹如并不存在的绝对真理，永远正确。 真理是毋庸置疑的，充满激情的人也会忽视外部的所有存在，它不知疲倦，依靠奇迹生活。 他的无尽耐力以及坚韧为激情填土施肥，浇灌着世间这朵奇异之花。 世间存在过的所有奇迹，都是激情的杰作。

激情是如何被激发的？ 又如何持续？ 无以追溯。

我们只看到被庸常生活销蚀殆尽的激情残余，偶尔依稀出现，鲜见有伟大和超群脱俗，也许激情进步了，将自己隐藏在众声喧哗的尘世，图谋某个时刻的爆发。 面对神秘莫测的情感世界，还是让人自便，不必过多追问吧！

激情和勇气
无可比拟

如果一切皆可预期，生活会失去多少趣味？ 如果生命长存不老，各种努力又有什么意义？ 一切都可等待，不是在今天就是在明天，时间绵延不尽，想象力也会布满青苔直至倦怠。

但是，大自然并没有给予人类足够的时间，虽然时间绵延不绝，给予个体生命的时间总有限度，个体生命的长度甚至不及人创造出来的物品，很多建筑为数代人遮风避雨，很多树木为数代人纳凉蔽荫，甚至那些不起眼的锅碗瓢盆也一直存在着，成为后人趋之若鹜的文物瑰宝，被一代又一代的人们虔诚地供奉着，世代传承，被货币符号标注着自身永远不解的价值。

虽然人类的思想杂乱无章，对待财富金钱的态度却高度一致。 如果说岁月轮回朝代更迭带来的变化不计其数，财富和金钱的地位却是恒久如一的，一直给世界一个清晰的度量。几斤几两的价值及其地位在任何社会形态下都清晰可辨，是人区别于其他生物最重要的特点，当然还有其他很多特点，至于是什么，以后慢慢考虑。

在和时间悲壮的抗争过程中，人的激情和勇气无可比拟，这可能是最悲壮也最值得抒写的篇章。 历史长河留下那么多文字，甚至低级庸俗的市井文字也布满了生的渴求与坚韧，触发着我们内心最纤弱的不忍，看了又看，想了又想，不尽的悲悯！

友谊，最美好的生活交往

友谊，以其独有的柔情蜜意，环绕在它的拥有者身边，无拘无束，温厚可亲！　友谊是人们现实存在的最好见证，也是人们保持纯真最好的明证。　褪去世俗的尘埃，人们为自己保存了多少纯粹的情谊？　爱与惜，珍重与关怀？

友谊需要时间。　在时间的洪流面前，人们很难保证自己始终如一。　我们还是昨天的自己吗？　我们还是那个纯真的少年吗？　我们还是那个悲天悯人、情怀深厚的自己吗？　我们是否还洒脱无羁地面对这个世界？　我们是否还随心所欲地伸展我们的四肢，周身散发质朴的凛然气息？

在我们悠闲的时候，我们是否态度依然，自若平静；是否摒弃了花费时间炫耀和展示的陋习，尽管这个时代，人们渴望出人头地的愿望日益迫切，人们深陷其中，难以自拔。

友谊，最美好的生活交往，最值得拥有的信任和真诚的理解。

"让我们两人今生今世永远真诚相待。"英雄们的友谊一开始就相互理解，肝胆相照，彼此寄予深厚的依赖。　这是乌托邦的幻想吗？　不是，当然一定不是，这是现实世界虽然稀缺，却必定存在的现实。　如此，生之征途可期待、可向往、可留恋。　（30 年窖藏原浆太浓烈了！）

快乐的感觉
幸福是一系列

幸福是欲望的不断进步！ 所有超出一般的感觉都是幸福。

芸芸众生，对于生的感觉如此丰富而具体，幸福也以它的千姿百态出现在人们面前。 繁忙之后的闲暇是幸福，闲暇之后的繁忙也是幸福，或者可口的晚餐，或者喜欢的面孔，或者迷人的声音，还有留恋不尽的独特气息等等。 攻城略地、建功立业也是幸福，最后还是要被分解成具体的精神和物质体验，幸福是一系列快乐的感觉。

愉悦和快乐是幸福的亲兄弟，向往和渴望是幸福的近亲，满足是幸福之子。 当然，幸福的敌人是对幸福的怀疑和敌视，或者对自己和他人的漠然，或者放弃等等。

幸福是能够感受幸福的态度与能力。

秋日来临，自然在召唤！ 放下背负的种种责任，快乐地想着一个人，倾听自然之音，或者端坐在书桌前，抒写人生的闲言碎语，放弃逻辑与顺序，笔走龙蛇，肆意图画，率真与不羁也是幸福。 因为，这样的态度也是一种爱，有爱的地方就有幸福存在。

幸福是什么？ 每个人都有自己的答案。

幸福是欲望的不断进步

幸福是欲望的不断进步，由一个到另一个，前一个欲望的达成，只不过是为后者铺路而已。如此循环往复，人们被欲望牵引，用有限的生命追逐无限的幸福，推动着社会向前奔涌，有时也倒退，成就着人类的前世今生。

情感是人的灵魂。追求高尚情感的灵魂是伟大而不朽的，被世代纪念推崇，那些高尚的灵魂让生的世界生机盎然，激励后人；芸芸众生是世界的常态，就像汪洋大海，用来衬托高山之巍峨；而高尚的反面令人深思，也是现实存在、不容忽视的存在，让这个世界迷乱而多难，有时也催生美好，仿佛恶梦之子。

幸福以及幸福的感觉随时代变迁，讨论幸福是无意义的，如果人们一定要追问幸福，那就研究一下欲望吧，欲望终止之时，就是幸福结束之日。

把缺点看成优点

把缺点看成优点，显然是怀着浓烈的情感去看，无论怎样都是好！

人世间百媚千红，我独爱你那一种！情人眼里出西施，其实是在情人的眼里看到了另一个自己，紧追不放，更像自爱以及自我追逐。

爱的重要能力是把缺点看成优点。

如果我们还能够强烈地爱人，我们一定是情感的富足者。把缺点看成优点，不管这个缺点多么难看，我们还是认为很好，或者视而不见，或者熟视无睹，或者以为天然地好，无须再好了。情感中的偏爱，把缺点看成优点，人世间难得的执着！

把缺点看成优点，从感情的角度，我们还拥有少不更事的冲动与好奇，就是这个世界的快乐孩子，很好呀，一切都好。

把缺点看成优点，在世俗生活中也是难得的能力。尺有所短，寸有所长，把缺点当作优点对待，一定会发生奇迹，至于发生了哪些奇迹，人们在闲暇时可以找几个典型事例验证。如我在繁忙时看到所有人的优点，感到很高兴，看到行动派就更高兴。

千百个神经聚力传播好情绪，为什么不把缺点看成优点？

障碍强化着欲望

障碍强化着欲望。挫败激发着欲望，仿佛山那边的风景更美，所谓的屡败屡战。在这场自我解放的征程中，那种失败的痛也许是快乐的另一种形式。伟大的毛泽东曾说：消灭了敌人等于消灭了自己。主张敌人成长也许是自我培育的另一种形式。所以，没有了痛，快乐也会减轻，甚至消失。

这个世界的生命力在混沌中诞生，也必将在混沌中生存，深匿于人性之中晦涩不清的东西，正是人性的迷人之处。我们力图明白，却永远搞不懂。所以，那些世俗生活的智者总是睁一只眼闭一只眼，难得糊涂！

一个对现实毫无知觉的理想主义者，会由于分不清理想与现实的距离而精神错乱，尽管倡导主持公正完美，结果只会把事情弄得更糟。

关于爱及爱人

谈论爱是危险的，就像谈论金钱。 对于意义广泛人人都有感受的事物，最安全的方法就是避而不谈。 但是，人们怎能管住自己的嘴呢？ 思想尚未触及的地方，人们的嘴已经表达出来了，君子一言，驷马难追。 表达的速度超越了思想的速度，语言走在思想的前面，惹是生非，是众生的乐趣和烦恼之一。

但是，爱还是像流水一样以不同的形式，每天伴随在人们的身边，仿佛空气般存在着，有时柔风细雨，有时雷电交加！无论人们对爱有多少误解，爱和喜欢一定是亲兄弟，而爱一个人，爱一个人的风格或品格，成为辨识爱的真伪鉴别器。

青春易逝，隽永永存，这个稀缺又稀少的隽永，如何留存，成为恒久的爱，只有拥有的那个人知道。 而真正拥有的人，或者连想都懒得想，就像某件贵重物品安然存在着，并不在意自身的价值。

爱，是空气；爱人，是空气中的氧！

甚至比爱情更锤炼人的情感

伟大的作品和伟大的人品，都是世间罕有之物，值得称赞却不被效仿。 因为，常人很难达到那个难以企及的高度，于是，退而求其次，再其次，直至很低，低到一般水准之下。如当下某些被追捧得无以复加的娱乐，不是因其好，而是捧者众！

信息再发达，网络再普及，也改变不了这个水准的众者，除非他们自己提升。 这样的想法，也许经若干时代努力也终不能达，结果是理想变成妄想。这样的假设太悲观，而一个悲观主义者的预期更现实。

一个事实不能被忽略：伟大和高尚尽管稀缺罕见，却被普遍赞颂；低俗和卑劣令人不齿却广泛流传，仿佛清河与浊流之别，仅仅状态不同。如此思虑，迷人而困惑，甚至比爱情更锤炼人的情感，摧残人的判断力，让北京的雪后之夜，除了阴霾，又多了迷幻。

将非凡变成寻常

在纷繁的世界中，寻找一个表达的主题，也许是那些希望立言后世、青史留名的人们的夙愿。其实，只要心怀梦想、持之以恒，任何一个关于生的问题都可以成为主题，至于看得清、看不清，不仅关乎心智，更关乎态度。

五月帝都的傍晚，仿佛特别适宜严肃的思考。甚至身体，在这样的清爽中都挺拔起来，凝神聚气。是的，态度，态度让我们感受这个喧嚣的世界、沉寂的世界，爱意浓浓或者冷漠无情。尽管我们有时像个达观的圣哲，对某些事、某些人视而不见，听而不闻，而那个现实总是存在的，真真切切。

所以，所以我总是不遗余力地颂扬情爱以及各种积极向上的力量，反反复复，说了又说，人们怎样热爱着生！这是态度，爱的态度！

由于生命的限度，宽容与忍耐，几乎和粮食、水一样，不可或缺！帝王临绝顶的态度必须深入庸常的生活，唯此，心才会静下来、慢下来，将非凡变成寻常，将寻常留在心中，绵延不绝！

爱可以变成三个字：我愿意

夜晚斑驳的树影，以及稀疏的车辆和行人，一个声音低语：爱可以变成三个字：我愿意！

是的，我愿意，不管多么繁杂，都要记住，爱是三个字：我愿意。

我愿意，源自内心深处最诚挚的表达！触动了，接受了，融为一体之后的情愿，还有什么比"我愿意"这三个字更自我、更坚定、更纯粹的呢？诸多的繁杂，唯有一颗优美的心灵才会有如此深厚的拥有。

因为愿意，一切都是甜的，一切的劳顿、困难都变成自我肯定，甚至欣赏，因为在心中，一切心甘情愿，如同一个虔诚的朝拜者，心怀圣念。

爱情、单相思及其精神的高度

爱情，如果从现实生活的繁杂中抽离出来，是那个神秘的主宰对众生最宽宏的恩赐，甜蜜的忧伤与圣洁的幸福不仅发生在爱人相聚的时刻，远离时的忧郁与甜蜜也同样令人期待。

爱情，激发了想象和自我迷恋，也激发了人们的创造力，爱情的存在甚至可以改变空气的味道，因为那种心醉神迷的感觉具有强烈的穿透力。但是，太过清醒的人是无法体验爱情的，让爱情终止于思考是太过清醒的必然结果，尽管爱情终止的原因还包括疲劳以及幻想的毁灭等等。

但是，爱情不是用来思考的，而是用来感受的！

单相思，普遍存在的爱情形式，也许代表了一种永恒的情愫。人们自我迷恋，在幻想的空间徜徉，不受时间和地点限制，被爱的人意识不到，如同一个星星意识不到发现它的天文学家一样，但却是温柔地存在着，为生命植入艺术、诗歌和哲学的神圣细胞，如同优美的植物，装点着这个生机勃勃的世界，为那些善良的男人和女人，带来慰藉！

人们在自我的创造中生活，而爱情存在于自我感受的过程之中，困难、考验、艰苦和努力锤炼着人们的性情，也推动着心灵的进化，如果高尚的追求未曾泯灭，这样的进化将生生不息。

也许，人们对爱情的前景不必太过悲观，当一个男人和一个女人达到一定高度的时候，就能够产生精神上的爱情，他们不必担心这样的爱情会随时间褪色，因为这将是时间的一部分。

智力为情感效力

从意愿到能力有千山万水的距离，这个距离可以靠行动弥补。当然这个行动包含了太多的含义，要多少有多少，而最大的行动动机是情感，从终点到原点，学习、积累、提高、升华等等，情感是一切行动的主宰！

从军事的观点看，当机立断、坚定不移、坚贞不渝这些品质后面是性情与智力的完美结合，而这种结合又有力地提升了这些优异的品质。丰富的情感与精神力量的完美结合，给这个世界留下了无数精彩的故事，成就着人类的文明，艺术的、军事的、政治的，动人心魄，耐人寻味，非教条僵化的公式和所谓的模型所能概括。

在情感与智力较量形成的迷雾中，谁是胜者？历史的长河没有胜负，只有结果，而这个结果可以无限延伸，能够得到普遍接受的只有情感，智力达不到的地方，由情感来统领。

看看这个世界的人们是怎样表达感受的？ 感觉、体验等词汇频繁地出现在人们的语言中。 在精神活动领域，智力为情感效力，大抵如此吧。

优雅源自精神

一件名贵的套装代表不了优雅，套在腕子上的名表也不能代表优雅，即使珠宝也无能为力，包括那些可以挂在身体任何部位千奇百怪的饰物。

优雅是昂贵的，财富代表不了。 虽然，财富带给人们良好的自我感觉。

优雅是超脱的，学历代表不了。 虽然，各类证书表明人们在书本上花费了太多时间。

优雅是淡然的，虽然人们常常以梦想、好奇、勇气等装点着生的旅程，证明自己没有放弃进取之心。

优雅像这个世界上任何特立独行的事物，有自己的姿态，无法包装，不能打造，刻意锤炼也是枉然。

优雅是怎么出现的？ 我不知道，确实存在着，如空气一般自然地存在着。

快乐只能在公众的
大路上找到

在建筑面前驻足沉思，不仅启发了人们怀古幽思，也激发了伤感以及莫名的悲凉，即使炎炎夏夜也阻挡不了。《阿尔罕布拉宫的回忆》传递的伤感，仿佛汇聚了人间所有的悲凉，伤感不已。

那个著名的宫殿群落培育了众多忧郁成性的文人。法国早期浪漫主义作家夏多布里昂曾经写道："哀愁这种情感甚至比取乐更使人筋疲力尽"，"快乐只能在公众的大路上找到"。而他的贵族灵魂又使他不喜欢这些"公众的大路"，于是像个幽灵一样凭吊古老的建筑以及陵墓，并总结道：人们来到帝国遗迹前沉思，却忘记自己就是一个遗迹。如此的忧郁互相传染，犹如蔓延的瘟疫，人们被忧郁包围，沉思人类命运的繁华喧嚣以及落寞沉寂。

即使没有文人的情怀，伤感异动密集的旋律也足以令人震颤。《阿尔罕布拉宫的回忆》激发的远不止这些。

人类的命运、时运的多变，所有的时代，所有的王朝在历史的烟尘中最终都不免腐化，毁于野心和贪婪。"花环成为锁链"，在这个亘古未决的难题面前，音乐传递着不尽的忧伤，却没有答案，就像阿尔罕布拉宫本身，神秘莫测，却真实无疑地存在着。

如何保持持续的热情？

休假第一天，被邀谈谈如何保持持续的热情？坦率地讲，即使工作日也尽量避免谈这样的大题目。真正的热情往往水浅流深，不易察寻，看到的往往短暂易逝。关于这个题目的几点见解，仅供参考：

第一，保持持续的热情，要先休个短假。邓小平他老人家讲：时间越远越看得清楚。在持续的热情中侵染太久，需要整理一下情绪，调整一下态度，舒缓一下血肉之躯的疲劳，积蓄新能量。

第二，要有保持持续热情的内在动力。无论是理想、信念还是利益诉求，一定经过深思熟虑，持续的热情不过是外在的显现。邓小平"三起三落"，经得起磨难，坚强的意志是不是持续的热情？前途是光明的，道路是曲折的，这句烂熟于心的名言，几人经得起？几人担得住？保持持续的热情，也许是少数人的事，多数人需要教诲，持续的教诲与宣导。要保持热情，生活的热情、工作的热情以及对生命的热情。

第三，坚定不移，坚持不懈。这个要求无论对组织还是对个人都比较难，正因为难才可贵。世事难料，不确定性以及复杂性一直干扰着人们的判断。因此无论是个人还是组织，都要有个努力的方向，不为任何艰难所惑，不为任何困难所扰，聚精会神搞建设，一心一意谋发展，共产党的科学发展观可以回答这个问题。对于普通人而言，过好每天的生活，做好每天的工作，都是持续热情的一部分。尽管如此，持之以恒还是比较难的，坚持下来就了不起！如同爱一个人，热情关乎一生一世，不是偶尔兴之所至。

还有其他的吗？ 一定有的，比如厨事，也需要持之以恒、坚持不懈地操练技艺，甚至裁缝或者这个世界上任何关乎生存的大事小事，融入热情一定会焕发异样的神采，要么催人奋进，要么感人至深。

保持持续的热情，犹如生命不老的英雄梦想，激励着人们生生不息！

情感，穿梭于较量中

芸芸众生，人间的苦难与欢爱，淹没在无边的雾霭中。

那些不能阻止的向上的力量，以及那些一意孤行的向下的力量，在较量中寻求平衡，构成了我们可以感知的和谐！

而情感，穿梭于较量中，时时刻刻！ 激发着，创造着，同时也懈怠着，颓废着，为重生和复兴积蓄能量。 人们不会辜负那个神秘主宰慷慨的赐予：循环往复，生生息息！ 我们能够做什么？ 我们还能做得更多，是不是更好呢？ 一定会的！

是的，一定会的。

当我们不遗余力满怀理想前行时，**雾霭烟尘**也是存在的。尽管避而不谈，尽管无法克服依赖与依恋，尽管喧嚣和**雾霭**合谋，模糊了视线……

法律裁夺情感

　　静心研究一项制度或者政策，是一件幸福的事。如果这个判断正确的话，一定是感情登场了。反思一下：什么时候感情退过场呢？

　　即使法律倡导的公平正义，也无不渗透着浓重的情感色彩，不过是哪种情感主导而已。孟德斯鸠言：适中，宽和的精神应当是立法者的精神；政治的"善"就好像道德的"善"一样，是经常处于两个极端之间的。

　　是什么左右着两个极端？

　　法律总是要遇到立法者的感情和成见的。有时候法律走过了关，而只染上了感情和成见的色彩；有时候法律停留下来，和感情、成见混合在一起。

　　情感穿梭于各种场合，幸运也无情。情感很难均衡分配，人们总是希望情感的天平朝自己倾斜，甚至据为己有。遗憾的是：情感不像空气，均匀散布在空间无影无形，情感是有分量有限度的，犹如财产所有权，被人们瓜分着，争夺着。理智都为情感效力，法律裁夺情感，力不从心亦属正常，亦属正常吧！

悲悯是天性，是最珍贵的柔情

能否静下来？ 无数的指点与教诲，都无法和天性抗衡，无论哪一种天性。

众生芸芸，喧嚣与沉寂，当春天来临，当乍暖还寒，就像不可抑制的万物生长，人性中的悲悯也随万物破土而出。 如此的伤感，如此的忧郁，仿佛强硬坚石下滋生的青苔，侵蚀并试图摧毁一览无遗的强大，也许仅仅是看起来的强大！

等候，我们等候的春红柳绿，是用鬓角的青丝换来的；

盼望，我们盼望的春梦无限，是以时光的飞逝交换的；

切切念念，红尘中摇曳的花朵雨来即谢。 不要等，如果爱就不要等，如果恨也不要等。 远离种种虚妄以及醉梦般的期待。

感时花溅泪，恨别鸟惊心！ 感谢先人，春雨纷飞之中的清明节，野草萌生，枯萎与新生相见相惜，我还能再说什么！

看看大自然，看看夜色，看看夜幕下诡秘的灯光，以及暗影中悄然发力的种子、花朵以及叶片，它们发出的声响仿佛神秘的暗示：悲悯是天性，是最珍贵的柔情。

夜晚的春雨淅沥。

我要学会更
谦虚地接近你

一支烟不能消解人生的悲悯，一杯酒亦不能。

丁香花如期绽放，如期散发醉人的芬芳，还有苍兰。 我知道：那个神秘的主宰一直宠爱着它的孩子们，以它的乍暖还寒，以它的春风化雨，以它包容万物的胸襟，任它的孩子们肆意挥洒生的欢愉和苦难！

谁让我喝了这杯酒？ 谁指引我踏入陌生却新奇的宅院？英俊和美丽的人们，他们的笑颜有多少眷恋与遗憾？ 有多少痛？ 多少惜？ 即使在夜晚也流连不尽。

一定是醉了，单纯的期待以及忘我的瞬间，身不由己跻身于高尚而精美的世界。 "我要学会更谦虚地接近你，因为我的心为你何等沸腾！"一个伟大的德国人如是说。 无数个高尚而精美的心灵在期待人间的自由与欢畅，而那个神秘的主宰安详地分配着它的爱，不多也不少，同时也赐予痛，平衡着人间的冷暖。

不要误解爱，爱是存在的，有一种神圣的爱，它既蔑视又钟爱其所爱，既改造也提高了其所爱。

不要误解痛，痛是爱的另一种形式。 痛彻心扉，爱至深，至无痕。 唯心灵畅享爱之欢愉，仿佛一个人的舞蹈。

一定是醉了，孤标傲岸的深夜，如此静美！

谁在嘲笑那一抹
羞涩的浪漫心思

七夕之夜，云朵与繁星相映，少有的清澈见底，而世间喧嚣和烦扰不断，快乐与痛苦结伴相随，几乎令传说中的牛郎织女了无兴致遥遥相望。 还不如忘了吧，到世间另谋他求。

世间无数的立交桥、大桥小桥、独木桥、斜拉桥，甚至断桥遍布，唯独不见充满浓情蜜意的鹊桥。 也许喜鹊们忙于工作和盈利，忘记了为情人牵线搭桥，也许情人们无暇言情说爱，沉浸在工作获利的营生中难以自拔，再或者，从相望到相守已经不是什么难事，交通有汽车，通信有手机，心心念念已经过时，或者太昂贵！

是的，太昂贵！

首先，依恋太昂贵。 在市场主义深入人心的社会，坚定、坚强、竞争等刚烈的词语占尽风头，如魔鬼附体，无论是隐匿还是张扬，都保持着拒人 10 米以外的距离。 依依不舍之恋总是有几分脆弱，脆弱才需相依，相依不需要坚强，坚强唯一不适用的地方就是相恋相依。

其次，摆脱独立。 自由独立是相恋相依的大敌，更证明着符合圣道生活的缺失。 那个神秘的主宰将人分为两性，既是鼓励人类世代延续要靠两性共谋，彼此深刻地理解、再理解，直至无憾而去，也是否定所谓的独立。 人们也许被美式的竞争文化侵略太久，什么都讲究独立，七夕为两个人搭起的鹊桥一定不是为着彼此的独立，相见之后一定是再也不想独立。 如果相依很好，谁还会想着形单影只的独立？ 无论是思想上还是情感上，抑或身心。

最后，浪漫的心思很昂贵。 凡事纷扰连绵不断，分散着时间和精力，也消磨着情趣，还有那些愉悦身心的好兴致。情退场，功和利便登堂入室，耗散着身心中那些看不见的柔弱与珍重，在风吹日晒雨淋之后，变得粗糙，直到找不回来，直到嘲笑那一抹羞涩的浪漫心思。

不能让生命虚度！

恰如其分的固执就是意志，没有意志的生命就会枯萎，事业也会一事无成，爱情亦如是。

当代人已经很少演绎动人心魄的爱情了。人们的注意力已经被各种信息分散，当然日常生活中，最分散人们注意力的是房子，以及和房子相关的一系列事件。和房子关系最密切的当数金钱，金钱的背后是交易或者贸易等等，而不是爱人或者情人，尽管爱人是存在的，情人也是存在的。

一个疑问如魅影般闪现，旋即离开。

在没有想清楚之前，飘忽不定的疑问如同冬天寒冷的空气，考验着人们的耐受力。世界是简单的，也是复杂的，在简单与复杂之间，人们的需求与需要决定着发展的走向，既不是约定的，也不是创造的，仅仅是需要，就像冬天需要温暖，夏天需要清凉。

无论怎样，一定要有所作为，不能让生命虚度！

男人的铮铮铁骨和女人的似水柔情，都是这个世界存在的意志。他们能够彼此激发，互相理解，懂得生命的意义以及欣欣向荣的生活、持之以恒的工作和坚持不懈的态度，超越存在于自身机体内的懒怠、消极还有种种人性的弱点。能够达到这样的高度，也许向积极的人生跨越了一步，跨越了一大步！

掩卷而思，意志是存在的，爱情是存在的，生命总是在不经意的时刻焕发奇异的光彩，但愿生活在变革时代中的人们，珍惜安定的幸福时光，认真工作和生活，不辜负这个和平繁荣的时代！

360°情感，是怎样的情感？

360°情感，是怎样的情感？

像诸多难以解释的疑问一样，无数个答案等待人们去了解，也许穷其心力也无法完全了解清楚，或者根本没有了解清楚的必要。 如果不是身处其中，情感撞击心灵，也许这样的情感如鬼魂一般，仅仅是个幻想或者传说。

但是，人们不会放弃挑战自我的本能。 即使理智的缰绳被现代制度系了一层又一层，那些豪放不羁、浑身流淌冒险血液的时代精英，还是奔赴梦想的高点，挑战情感的极限。 看看那些历史上伟人留下的痕迹，通过建筑、诗歌、文学作品以及如烟尘般散尽的事件，情感，360°情感，一定发挥了不可泯灭的中坚作用。

从语言这个角度看，情感被赋予了太多的意义。 从博大到精微，从积极到消极，或者简单，或者复杂。 我更愿意相信：由于生命的限度，那些向人生情感高点攀登的人们，在他们回首凝望的时候，心中涌起的是怜与惜，以博爱的胸襟看待这个世界，看待周边。 如此，即使没有宗教，即使没有信仰，心中也会矗立一座爱的丰碑。

不必拥有，却理所当然地拥有着

每一种深厚的感情，无不渗透着人们强烈的感受，一首歌、一幅画都可以担当，触动或者唤醒沉睡的心灵、被生存和生活缠绕的心灵。 灵动？ 是谁发明了灵动？

秋天来了，秋天不尽的情怀以及莫名的悲悯，让这个季节散发不一样的风采。 希施金的风景画，神秘莫测、浓重的风景画，既生机盎然，又深邃无际。

远处是什么？ 远方是什么？ 期待与疑问，向往与深思，人们在现实中感受着远方：森林深处的远方，自然深处的远方，超脱了现实的远方，平复着庸常与琐碎。 《平复帖》可以平复喧嚣，浓重的森林风景画亦能平复。

这也许就是一幅画的真正意义，看到了、感受到了，不必拥有却理所当然地拥有着。

彼此欣赏，保持一米以外的距离

满世界乱扑腾，还想过欣欣向荣的生活，这本身就是个问题。

活力与愉悦如果不是发自内心，即使到了天堂也寂寞难耐。

失去了悲悯之心，即使富甲天下也不会感觉到充实。

心中无风景，即使身处花丛也看不到那一份娇柔的婀娜。

还是有些距离好：

彼此欣赏，保持一米以外的距离。

一个人的生活随着勇气的增加而扩展，随着勇气的衰减而萎缩。

遗憾的是，多数时候，人们活的并没有如此合乎逻辑，而是沉陷各种无谓的烦扰而不自知，无事生非或者自寻烦恼，任由时光流逝，浑然不觉。

大爱是悲悯，小爱是宗教

我要你健康，我要你快乐，在所有季节变换的日子里，我的牵挂永远不变。 岁月缓慢流淌，时光如影随形，当我们理解了时间并且和时间和睦相处，才有资格谈论爱，谈论友谊，谈论属于我们的时时刻刻，或者分离。

我当然喜欢你的风华正茂，喜欢你的激情与勇敢，喜欢岁月赋予你的种种品质，甚至把缺点当作优点，温柔相待。 但是请记住：我更接受你的华发流年，在通往爱的道路上，没有辩证法只有懂得，没有相对只有绝对。 所有世俗的偏见都无法和爱的偏见抗衡，在爱的偏见日志上，每一页都写满了欣赏，除了欣赏还是欣赏，那是我们在这个世界上全部的私心，对于一切的诋毁或者批判，听而不闻，视而不见。

我要你健康，要你快乐，要你永远为自己驻留真挚的情感。 大爱是悲悯，小爱是宗教，一个人的宗教，散发着狂热的宗教。 我愿你的信仰日益坚定。 在通往至爱的道路上，需要披荆斩棘的勇气以及生命不老的英雄梦想，接近再接近，以赤子之心。 记得我们懂得太少，记得爱有很多，记得远大理想与针头线脑都是生活，记得不要纠缠于文雅与粗俗，也不必拘泥于繁文缛节，爱会助力所有的举手投足，无论怎样都是好！

文学随想

写作，是思想的物化

　　像其他任何劳动，写作是体力活，不仅消耗精力还严重损耗体力，即使晚餐吃掉半公斤牛肉，还是需要补充夜宵。 把写作当作业余爱好基本不是明智之举，但是习惯及其习惯的惯性很难改掉，其他爱好也不见得好到哪去。 对待爱好的正确态度是顺其自然，既然上了船就心态安然，总能看到一些好风景。

　　岂止是好风景！

　　首先，写作可以凝神聚气，专注如一。 被严重分散的精力需要休息，休息不是停止休眠，而是恢复平静与专注。 当一个人沉浸于兵戈铁马或柔情蜜意，把想象变成文字，周身的爽朗舒适就像少年时清晨看到的朝阳，和自然那么近，和大地那么亲，犹如昔日重来。

　　其次，写作是思想的物化。 谁知道你有思想呢，如果不写出来？ 不是每个人都能像政治家一样四处游说，况且政治家印制的小册子比畅销书还要多。 写作及其文字将思想物化，从此足迹遍天涯。

　　文字可以跨越千山万水，穿越时空，长存于世，在某些神差鬼使的时刻与欣赏它的那个人，一见倾心。 思想上的倾慕和感情上的依赖是人世间最难解的谜。 如果我们心怀好奇又舍得花费时间精力，即使外加烟和酒，物化不知何时迸发的思想，就值得安静下来，写上几笔。

最后，写作理顺思想，虽然有点牵强。 思想这个东西抓不住，摸不着，却时刻影响着行动，特别是每天穿梭于街道楼宇，不仅思想受到了束缚，视野也被日夜高耸的建筑局限，除了那些所谓的货币金钱，鲜有鲜花铺路的浪漫幻想。 写作可以适当纠偏，厘清纷繁，再插上飞翔的翅膀，回归赤子之心。 当然，这仅仅是写作的一种，其实，撰写废话也是写作。 不妨宽容大度，写出来总是好事。

写作及其写作态度不要深究，最好是不知道为什么，忙里偷闲，提笔度日。 如果乐在其中，就更好了！

文化，无意中泄露着人的精神风貌

文化，无意中泄露着人的精神风貌，不管接受和不接受，仿佛一块表随时披露着时间，因为文化没有什么可掩饰的，也无法掩饰，对个体和国家都一样，只不过国家的文化体现形式更复杂一些。

文化自我实现的过程如同生物意义上的吸收与释放，需要时间，从繁盛到衰落，最后深入骨髓，成为传统，这种无意识的文化积累不仅发生在民族中，也反映在每个人身上，这是那个神秘主宰不经意的安排，只需欣然接受，无须深思。

语言承载着文化传承和表达的重任。 在简单生活下，人们想说的东西也许没有现在这么多，不需要太过复杂的表达，尽管如此，历史传承下来的语言也足够丰富了，几乎可以让生活在任何时代的人取之不尽。 而当人们的创造力在某个阶段特别活跃时，伴随的精神活动也异常突出，超越了庸常的范围，仿佛即将进发的火山，带来意想不到的变化。这种现象实在让人捉摸不透。

也许，也许，我应该克制自己的好奇，放弃深思默想，融入傍晚的天色。

整齐划一与参差互异

有时候，某些整齐划一的思想占据了伟大人物的头脑，但是这种思想一定毫无例外地打动渺小人物的心灵。他们在整齐划一之中，看到了一种"至善之境"，他们认识了它，因为他们不可能不发现它；这就是，在施政、贸易之中有划一的度、量、衡，在国家之中有统一的法律，在各地有同一的宗教。

但是这种情况就是永远合时，没有例外吗？

改变的弊害是否永远比容忍的弊害小呢？知道什么情况下应当整齐划一，什么情况下应当参差互异，不是更伟大的天才吗？

在中国，汉人守汉人的礼节，鞑靼人守鞑靼人的礼节；但是中国是世界上最追求太平的国家，如果国民守法的话，守不守同样的法律有什么重要呢？

这是 17 世纪末一个伟大的法国人的见解。

时代及时代精神，整齐划一与参差互异。当我们对整齐划一肃然起敬，心中升起敬仰之情并为之感动时，是否是人性中对秩序的热爱，对力量的膜拜以及那种不可抗拒的集体力量激发出了巨大能量，被束缚也被释放着？

而参差互异呢？这个世界上的图景各有不同，互为惊奇，模仿互鉴，风光无限，在自己的高度上各有千秋。 不是谁更好，而是特色使然。

这个世界需要统一的度量衡以及某种程度的整齐划一，也需要可以接受的千差万别。 但是二者之间的边界在哪里呢？也许在于施政者的认识上吧？ 某些时候边界永远是一个谜！

文化潜移默化地传承

豪情是会传染的，犹如

众生喧哗，都在发表着貌似真知灼见的高论，从人民币贬值到资本市场改革，从京津冀一体化到一周可以放两天半的假等等。 还有数不尽的大事小情，让大国人民有所思，甚至夜晚也有放不下的忧虑。

总结一下三个中国人对中国文化及其精神的比较，算是意外的发现：

辜鸿铭，这个颇受争议的中国人，对中国文化及其精神的总结简直是偏爱，无以复加的偏爱。 犹如异性之间的激情之爱，除了优点还是优点，简直到了骄傲的地步。 爱，达到如此的境界，也算到了极致了。 这种感受如影随形，伴随着这个世纪奇人，即使成为别人眼中特立独行的怪人，他还是保持独有的风格，甚至那条至死保留的辫子，任世人评说。 如此钟情中意，令人倾羡不已！ 对中国文化的热爱之梦，做到了极致。

钱穆，读钱穆先生对中国精神及其文化的论述，令人着迷。 在客观理智的剖析引申中，字里行间充满着对中国文化及其精神的阐释及热爱，虽然不动声色，却分明热爱有加，那种认定了的执着之爱，缓慢而长久地感动着读者。 循着钱穆先生的字里行间，逐渐积累着对中华文化的喜欢，在身体缓慢释放，渐行渐近，融入其中。 如此之好，不能离开的好，妙不可言！

范曾呢？ 这个世纪大才，对文化及其精要的论述，既世俗又超脱，既奔放又冷静，既客观又偏爱，同时又有那么一种凛然潇洒之气！ 翻阅范曾的画，翻阅范曾的书，翻阅范曾的前世今生，入世时，大俗；出世时，大雅。 出世入世，自在掌控之间，全然为他的灵性服务。 豪情在，敬畏亦有，理解"天何言哉？ 四时行焉，百物生哉？ "却言不休笔不停地表达着他眼中的世界和时代。 范曾，如他自己美言，史上留名之大才！

豪情是会传染的，犹如文化潜移默化地传承。 "天地有大美而不言，四时有明法而不议，万物有成理而不说"。 阅读大家，仿佛和大家站在了一起，这样的时刻，也是热爱和自我褒扬的时刻吧？

哪一颗高尚的灵魂 不带点儿疯狂？

窗外灯光闪闪，蝉鸣声声，给夜晚增添宁静，喧嚣后的宁静，在对比中相对存在的宁静。

"立天之道曰阴与阳；立地之道曰刚与柔；立人之道曰仁与义。 "如此大道微言，三句话也许够理解一辈子。 好在人们都是伟大的现实主义者，并不怎么在意先哲们关于天、地、人的训诫，世世代代都投入到具体、喧嚣的生活，即使教条主义者也没有恪守训诫，仅仅偶尔思考，经常实践，也正是实践创造出这个世界无数的惊奇。

人们并没有陷入庸常平淡的生活中难以自拔，在生活的不同方面释放着潜能，从不同的角度升华着思想及其境界，那些神来之笔，那些英勇作为以及所有的非常之举与非常之能，常常令人惊叹：是怎么做到的？

　　是的，是怎么做到的？ 哪一颗高尚的灵魂不带点儿疯狂？ 当人们被某种神秘的激情驱使，阴阳互调，刚柔相济，仿佛执行神圣使命的时刻，可以叫作疯狂，也可以叫作执着，或者其他诸如此类等。

　　做到，也许是理所当然吧。

把忍受变成享受

　　钱钟书先生曾说：把忍受变成享受，是精神对物质的最大胜利，灵魂可以自主，也可以自欺。 一个农人也许需要圣贤般的心境，面对灾害、离乱、困苦以及大自然的种种考验时，处变不惊，如同寂寞成长的草木，欣然接受命运的安排，倾力而为，耐心承载，把忍受变成享受。

　　某些时候，自主选择自欺既是无奈，也是优美的妥协之道。 面对灾害，玉米荒芜了，可以选择其他作物，不能让土地荒芜是一个纯粹农人的天职。 我想，任何时代，种地都是这个世界上最神圣的事业，关系着每天每个人的生存，只不过现代社会太过发达，事业和事物也过于庞杂，忽略了最基本的行业，甚至对农民缺乏必要的尊重。

　　但这并不能代表什么，重要的总是重要的，无须强调，那个神秘的主宰会适时发出警示。

时代特色及时代精神

那些精力旺盛或者精力惊人，富于冒险，对生命心存抱负直到耗尽最后力气仍然不忘把接力棒传递出去，激励后人前赴后继，是不是时代特色呢？ 至少代表着时代精神：

第一，诗人。 诗人是时代的良心，是时代前行最浪漫的践行者，鼓舞着人们的生活，不管是被美化的生活，虚构的生活或者是残酷的生活。 诗人犹如春天绽放的花蕾，是任何时代最美丽的生机。 如果一个时代找不出几个像样的诗人，一定是时代出了问题。

第二，演说家。 演说家的非同寻常之处在于通过语言传递着各种理念，传播，并且广泛地传播。 不过当代的最大便利之处在于：由于通信技术的发达以及互联网的普及，可以撰写演说词四处发布，如果追求效果，还是要亲自演说，声情并茂，气氛热烈，关键是听者要有分量。 从 20 世纪以来，世界各国的领导人都是出色的演说家，也基本达到了统御世界的目的。具有时代特色的是演说已经渗透到各行各业，甚至影响到诚信，说得好不如做得好。

第三，医生。 医生这个行当最大的困惑是治好和致死的人大体相当。 理论上医生是高等智力工作，现实是超级体力劳动。 近几年出现的医患矛盾，既不能责怪医生，也不能责怪患者。 要怪只怪人口太多毛病骤增，实在是照顾不过来。这个特色可以推广到各个行业，可以大做文章。

第四，各类创新者。 创新任何时代都有，算不得稀奇。但是把什么都包装成创新，不仅是误解了创新，更愧对了生命。 把时间消耗在没有意义的所谓各种创新上，就像无端地锻炼身体、磨损机器，特别是那些关乎生活的各种雕虫小技，如把水变成千百种模样装进瓶子里，无非是商业上的牟利需要等等。很多事例不一而足。

第五，经济学家及其各类投资分子。 这两类人任何时代都有，但是没有哪个时代的这两类人如此装腔作势，言行不一。 也许他们面对的情况更复杂，耐不住寂寞在书斋做学问，纷纷落网发表如母鸡生蛋般的言论，多产而寡质，误导着一知半解的民众，成就了一个时代的喧嚣景象。 从左到右，观点纷繁缤纷，引人却无法入胜等等。

第六，作家。 作家描述时代精神，或散漫或严肃，既可以超越时代也可以深入时代之中。 这个时代最好的作家并没有得到广泛的认可。 部分原因可能是人们忙着赚钱，或者被世俗生活的各种事务缠身，活得太匆忙没有时间静下心来，看看作家眼中的时代，以及芸芸众生。 当然，好作家根本不会计较同时代人的反应，一个伟大作家的责任是记录时代精神，或者作家们根本没有想到责任，而任由才华释放着他们非同寻常的能力。

第七，官僚。 官僚在任何时代基本发挥着同一作用，其特色基本标准划一。 这个时代的官僚特色也许是具有强大的应变能力，哪个时代的官僚没有强大的应变能力呢？ 不好提炼的问题可以回避，或者把说不清作为时代特色，也不失为一种特色。

第八，裁缝。 这个时代缺乏像样的裁缝。 虽然我们都穿着衣服，千奇百怪，但是却无法汇聚成时代特色。 关于裁缝有很多见解，暂记下作为备忘。

自知之明，找到匿藏在众生中独特的自我

诗人张曙光说：诗是少数优秀人的事情——不读诗的人总归不会去读，读诗的人也不会轻易放弃。

莫言说：当你的才华还撑不起你的野心的时候，你就应该静下心来学习。

但是，更多的人不以为然。

读诗，给人一种浪漫情怀，在通往虚无的人生道路上，柏油路上可以生长玫瑰花的期待，带来的梦幻以及迷醉，只有身居其中的人才能理解，就像慢品黄芪鸡丁汤，需要心境感受那一份好。

才华与野心不匹配是人世间的痛。 理想与现实的差距，足以证明才华和野心之间的距离。 但是还是有那么一些人，勤能补拙也好，奋斗不息也好，机缘巧合也好，用有限的才华撑起不算太大的野心，给人生的历程涂上算不得夺目，却也闪耀的光辉。

但是，这些追求算不得什么。

众生芸芸，自我肯定以及自我褒扬，找到那个匿藏在众生中独特的自我，自知自明，的确是一件非常了不起的事。 就像淡然平静，能有几人能够承载？ 因此，不仅诗是少数优秀人的事情，其他的一切莫不如此吧！

在所有文化传承的书页上，几乎都飘扬着酒香

"美酒飘香歌声飞，朋友啊请你干一杯！"美酒相伴，成就了诗歌，成就了文化，在所有文化传承的书页上，几乎都飘扬着酒香，激扬着一代又一代人，感受这个世界，记录这个世界，发扬这个世界！

因果实发酵而富含能量的酒精味道，吸引着我们的神经，也历练着我们的豪情。 酒精为情感助力，让爱变得浓烈而深沉，犹如人间大爱，承载着误解与艰辛，不改初衷；人世间的悲喜交加、爱恨情仇，化解于对酒长歌！

酒逢知己千杯少，遇到了知音；

对酒当歌，人生几何，几近天问！

喝了这杯再说吧！

酒是对生的留恋，当柔情被唤醒的那一刻，哪一颗心灵不被感动？ 我们这些时间中的孩子，端起酒杯的瞬间，我们是如此相同！ 美酒让我们变得暂时一样，彼此相惜相怜。

在所有悲喜交加的地方，都有酒的味道，那是人类进化、化解分歧的武器，也是取得共识达成一致的见证。 酒的味道有多好呢？ 要看我们还能品味多少，无论是豪饮还是对酌。

危险文学的危害

当我们漫不经心地思考时，文学以及文学对人们精神的滋养或者毒害是一样多的，特别是那些传承下来的经典文学。当人们心怀敬仰阅读时，仿佛是被巫师牵着鼻子的孩童，心驰神往地追随，那些思想精神甚至坏见解不知不觉侵入体内，所谓的真知灼见误人不浅，当下的各类专家之见以及各种惊人言

论当属此类，扰乱视听，为社会平添烦乱。

有了互联网及其技术，错误的言论很容易通过网络传播。一些不慎重或者以偏概全的言论很容易传播，像毒草一样蔓延，把优良草地占满。 或者像未经修葺的花园，野草杂草把娇贵的牡丹淹没，野草的疯狂劲真是令人惊愕的，让人联想到修理这个词发明的伟大，至于背后更多的深意留待以后慢慢感悟。

文学作品应该给予人们希望，用爽朗的气质以及雄健的精神激励人们更好地在这个世界存在。 当然，文学作品的风貌就是作家的风貌，要写出爽朗气质和雄健精神的作品，作家的内心一定是强健的，精神气质处在人生的盛年。 很感谢我亲密朋友的提示，让我想到这个问题，也让我在瞬间有所感悟，他的批评也同样直接：好为人师！

生命中没有尊严，除了爱

这是一句震撼而伤感的断言，这是电影《爱》给人们的启示之一，这是牵动人们神经却不喜欢了解的事实。 是的，谁愿意看到并不快乐的事实，岂止是不快乐，更是冰冷残酷、无可救赎。

"生命没有尊严，人们所做的一切都是徒劳地为避开这种认识。 人们跳舞，听音乐，酗酒或麻醉自己，因为这让人感觉片刻的永生。 人们建造纪念碑，发表演说，组成政府，发明仪式，宣布信仰，只为说服自己相信，更伟大的什么是存在的。 人们盯着屏幕，这样就不用面对现实。 人们看电影，那是令人抚慰的两小时的白日梦：在这梦里，生存的混沌一次又一次被目标和决心驱散。"

"幻觉，全都是幻觉。 尽管文化拼命坚持说，在当下可以找到青春，而当下可以永远继续，但人们有一天都会死。更可怕的是，爱的人也会死。 明知这一点怎么可能继续活着，哪怕只活一天？ 这就是电影《爱》的主题。 现代媒体都合谋帮助人们忽略那个可怕的真相，而哈内克却宁愿直视它，连眼睛都不眨一下。"

一个人和另一个人之间发生了什么？ 只有相互的吸引与同情，使我们不至于迷失在生的海洋中，不至于在混沌中跌倒，这是幻觉吗？ 《爱》说，这不重要。 生命中没有尊严，除了爱。

应邀谈蔡东藩《历朝通俗演义》

犹如下决心或树信心，翻看如此厚重成套的图书，大体相当于中等程度的体力活，而且是慢活，不是没有效率而是内容太多。 读一本耗时十年才完成的书，不仅需要勇气而且需要魄力，犹如人们对待时间和金钱的态度，读还是不读？

据介绍：从秦朝到民国 2000 余年历史，蔡东藩以正史为经、轶闻为纬，用《三国演义》式的语言，文不甚深，言不甚俗，写成了这套中国最完整的历史小说。 从 1915 年开始创作《清史通俗演义》，至 1926 年《后汉通俗演义》出版，整套《历朝通俗演义》历时十年完成，小说不仅极具故事性、趣味性，还极其重视史料的真实性等等。

无论是休闲还是出于对历史的喜爱，读读无妨，况且被宣传为毛泽东的枕边书，真是有趣，当然是指宣传的有趣。 把历史小说写得有趣，甚至笑谈一定是大家的风范，对于生活在具体现实中的平凡人，看故事、评古论今不是很轻松的休闲，谁都知道生活在历史悠久国家的子孙都比较累，光是回顾历史花费一辈子的时间都不够，所以对历史一知半解在所难免，况且那些先入为主的各种传说故事、正史野史之类已经占据大脑不小的空间，翻看一部类似通史之类的书，既要舍得花费时间，也要舍得放弃更有趣的其他活动，至于是什么，太多了不一而足。

读完这部有趣的历史小说，读者本人是否会变得有趣？如果对趣味产生偏爱，是否会妨碍严肃的心态？现实其实没有这么复杂，一部书就是一部书，太过郑重就不必了。读蔡东藩从即日算起。

某些历史总是激发想象

随时记下迸发的观点，这是那个神秘主宰慷慨的恩赐，这样的慷慨总是不经意时发生，如爱如依，非求所得。

是谁，激发了我们的想象？是谁，将时光驻留？又是谁，把欢乐留下，留下笑的记忆，无论是相守还是分离。当然还有严肃，还有沉痛，还有可惜，还有愤怒，还有庸常生活中不怎么光顾的种种情愫。

某些历史总是激发想象，就像平淡的流年总有某些特殊时刻，不仅仅是因为好，而是某种不可抗拒的感受太过强烈，满足着人们对超感官东西的需求，给人带来自身无法获取的东西，无论怎样的风云变幻，总是激荡思绪，触发灵感！

历史就是历史，充满着各种不确定性

我们的思想，即使是我们的日常思想，也无不是历史文化传承的结果。历史文化传承，成就了现在的我们、现在的人。

特别是"居庙堂之高，则忧其民；处江湖之远，则忧其君。"时刻处于忧虑中，深入骨髓的忧患意识，让我们时刻越位，经常错位，并且怀着责无旁贷的责任感，理直气壮。

网络，为当下人的思想插上了翅膀，大到宏观治国理政，小到鸡毛蒜皮家长里短，人们发表着某个层面上的真知灼见，良莠难辨。到处是分歧，又随时改变着话题。奈何怎样，一切如常。

历史就是历史，充满着各种不确定性，每到转折时期，人们总是惶惑不安，把历史搬出来推演一番，找出未来前行的蛛丝马迹。而未来呢，总是神秘莫测，像不期而至的风雨雷电，出乎意料，却又理所当然。

现实的气息以及蓬勃向上的精神风貌

中国之大，历史之绵长，中国人的文化精神始终贯穿着全局观念，比如天人合一，比如道法自然，比如道德和礼仪，这在中国的传统文化中随处可见，也形成了中国人的精神脉络和历史。歌德为此赞赏地说道：在一切方面保持严格的节制，使得中国维持到几千年之久，而且还会长存下去。

这真是一个伟大的见解！

但是，任何伟大的见解都带着历史的现实气息，这个现实的气息就是蓬勃向上的精神风貌，爽朗欢畅的乐观态度，还有磨难困苦中的坚韧以及由时间累积起来的蓄势待发，构成了一代又一代的历史，也构成了绵延不绝的文化脉络。

乐观主义者的后代就是他们的未来；而悲观主义者的悲观则是悲观主义者的宿命，在两种主义的纠缠演进中，强弱相抵催人思考并践行。 伟人们常说：一代人有一代人的活法，下一代人总比上一代人更聪明。 其实生活在同时代的人可以不必太聪明，考虑大多数人的福祉及其谦恭自制，在稳定中前行是一个时代的幸事。 好在，这个时代的有识之士一直在强调：这是最好的时代，是的，无论就生存还是生活来看，和平安详是人类是世代追寻的梦想，至于其他的，其他的次要问题总是存在的，包括冲突、分歧以及接连不断的世间纷扰等等。

恢宏的连续与高贵的徒劳

在洪流滚滚、浩浩荡荡的时代轮回中，不断向前推演的历史洪流，前进也倒退，每个时代的特色却有着很大的差异，虽然世俗可能极大地相似，但是精神风貌却千差万别。

在大自然恢宏的连续中，人类的虚妄以及造次都逃不过那个神秘主宰的视野，世间万物共生共长却遵循着自己的规律，在周而复始中谨慎前行。 没有任何一个事物是突然完成的，大自然从不跳跃，从无到有，从小到大，互相联结互为因果，那些先人中的圣者洞察了大自然的神秘之道，开始从事高贵的徒劳：文学、艺术、建筑以及思想、宗教等等，通过各种形式表达着对这个世界的敬意，也表达着想象力所能达到的高度。

当然，世俗生活也竭力展现着顽强的生命力，高尚理想与鸡鸣狗盗同样在大地上盛行，存在的就是合理的，在对待生存这个问题上，心怀悲悯也许是一种值得提倡的态度。

感受生活

田园生活：日久
生情与日久生厌

田园生活，不过是给一种属于完全不同的文化领域里的感情，披上一件理想的外衣。 尽管如此，人们还是热衷于田园生活。 人们厌倦一种生活与渴望另一种生活的感受是一样的，日久生情与日久生厌，就像阴与阳，白与昼，爱与恨，没有两个极端，和谐也许就不值得那么令人向往了。

郊区，郊区的田园生活，成为人们感受城市生活的根据地，以及理想的情感宣泄地，或者梦想中的家园。

生活在任何一个时代的人，也许都会存在逃避世界、逃避时代的想法，尽管人们被神秘的激情驱使，可以诞生任何惊天地泣鬼神的宏大梦想，但是人们，也不是每时每刻都处于亢奋状态，懈怠和逃避属于本能的一部分，不是在炎热的夏天发作，就是在寒冷的冬天发作，事实上，只要有情绪，一年四季都可能发作，没什么大不了。

在乡下，人们轻易地看到田园风光，美丽的和不算美丽的，甚至贫瘠的。 但是夏天，慷慨的阳光以及充足的水分让任何一个地方都被绿色覆盖。 不被人类关照的地方被杂草占领，野蛮而旺盛，即使拥挤也没有阻碍生长。 自然之谜，如果我们的好奇心没有泯灭，不妨认真探究，甚至联想社会生活中那些反复被严禁，却屡禁不止的行为。

　　自然世界有很多难解而有趣的问题，但回到社会生活中却不那么迷人了。 人们来到乡村，寻找田园风光以及诗情画意，也许是心中还尚存浪漫情怀吧。 任何时代，人们的感受都是一样的，到乡村走走，看看简单质朴的乡村生活，以及日益商业化后不那么质朴的小店主，还有反省自身对乡村叶公好龙般的喜爱，在暑热无比的夏天，是个可以接受的选择。

生活在时间中的人，什么都想要

　　人们通常说：儒家思想，拿得起；佛教思想，想得开；道家思想，放得下。 现实生活中，芸芸众生的常态基本是拿不起，放不下，想不开。 即使那些到处传授儒释道思想的人，亦如此，虽然侃侃而谈，仿佛觉悟有道，其实还是摆脱不了世间名利二字，甚至比普通人欲望更多，管不住自己，纠缠于世间，可谓道而有道非常道，非常人所为之道。

　　没什么大不了的！ 如果世间缺少了名利，世界会变成什么样子？ 真是挑战人们的想象力。 名利塑造着人们生存的世界的模样，正是人们认识到名利的局限，才产生了各种思想，平衡着人们无边的名利观；正是人们认识到生命的限度，才需要各种价值观，确定存在的理由，或者干脆野蛮生长，自生自灭。

　　生活在时间中的人，什么都想要。 大自然偶尔调停，多数时候依靠人类自己调整。 文化及其思想以其温柔的硬度，敲打着人类的心灵。 人类觉悟着，困惑着，自缚又挣脱，用自己的思想慰藉自己的心灵，这是人的优异之处，可以算作优异之处吧！ 是的，人们需要自我肯定，每时每刻。

用精神促进身体健康

靠一套十分烦琐的规则保持健康，本身就是一种病，而且无药可医。

精神之于健康，如空气和水之于身体，如影随形，随时随地。心神恬然的精神状态引领身体的各个部分，一起为精神效力。身体和精神合力共谋，通过体态和面貌释放着身体的秘密。简单质朴到普遍的喜爱，是身体与精神和睦相处的结果。

人与自己、人与自然，人与人，基本是这样一种简单的关系。

健康是精神富足的副产品，经常被人们忽略，又倾力所求。仿佛那首经典老歌所唱：失去时才知最珍贵。经常被忘记，偶尔被想起。身心分离，精神和身体经常发生矛盾，是各个时代人们都会有的通病。

治疗这样的病，知错即改，或者逐步地改，也算作是进步吧，虽然，在此类问题上，人们的进步非常缓慢。

健康既珍贵又平常

健康既珍贵又平常，往往被忽视，就像人们忽视日常生活中的空气和水，直到某一天发现其珍贵，直到发现珍贵难得！

幸福的前提是健康，而健康是无法用勤奋、财富或者祈祷实现的。健康是大自然慷慨的赐予，然后就是我们自身的珍重和维护了，不挥霍不践踏，顺乎自然的珍重以及合理度支，总会得到大自然的庇佑。

但是，节制是美德，忘乎所以是天性，美德在多数时候无法与天性抗衡。 没有几个健康的人以健康为荣，到处可以看到没有节制的运动吃喝和没有边际地娱乐，直到健康受到威胁才发现健康的重要，那些平素的爱好以及痴迷全部退居二线，健康跃升第一。 世间的事只有健康变成头等大事时，才懂得大事究竟有多大。

但是，懂得了距离行动还有尚远的距离，究竟有多远，犹如思想和实践，勤于思考疏于行动，这样的情况现实中比比皆是，比如尽人皆知的许多事。

好在乐观主义者遍布世界，适应以及习惯又是如此深入人心，健康及其对健康的态度也没有超脱着适应和习惯的法则。

酒香疯狂带来的感受，当然胜过树叶子

除了昂贵的树叶子，消除倦怠提振精神的饮品还有各种酒类，著名的和无名的，身份各异效果相同，至少在激发人的情绪方面，功效高度一致。 和各种由树叶子构成的茶类不同，这个主要由乙醇构成的饮品不仅催生豪情、激情也激发不太体面的情感，如各种不可名状的醉态以及非常之举。 喝酒过量的人酒醒之后的疑问是：都做了什么？

都做了什么并不重要，和过去过意不去是人独有的特点，没有见过猪对昨天耿耿于怀，也不知道老虎狮子这些比较凶猛的动物是怎么对待过去的，只有人喜欢抓住过去不放。 特别是酒过三巡之后，逝去的陈谷子和烂芝麻开始向上翻涌，特别是作家或者和过去纠缠不休的某类人，不仅追忆还把追忆变成文字，让更多的人一起回顾过去，甚至发明了忘记过去意味着背叛如此之类义正词严的警示。 警示是重要的，同时要记住的警示还有：团结一致向前看。 酒精催生的醉意既是缅怀过

去，更是期望未来，尽管未来很快变成过去。

酒香疯狂带来的感受，当然胜过树叶子，也许是不应该比较的，当然，生活在时间中的人已经习惯比较。小到家长里短，大到理想信念，谁的豪情更疯狂？谁的酒力更持久？或者谁更热爱这个喧嚣的世界，看看对待酒精的态度。没有推三阻四、没有委婉规劝，任何超出常情的振奋提升，理性放假，温情退场，甚至是放肆的张扬，没有边际的时刻，让我们看到了人的真正样子，文雅适度，中庸平和作为追求的目标，是一生的修炼。

喜欢喝茶的人，对树叶子充满好感；喜欢酒精的人，对酒瓶子充满迷恋，其实他们真正喜欢的是那种提振精神，救浑噩于瞬间的感觉。如果热爱生活，就不要离开茶，更要做酒精的朋友！

北京，稻香村

不断外扩和延展的新北京，楼房林立，车流如织。

这个既包容厚德又传统开放的城市，成为人们各种情感交织的聚集地。人们抱怨它，热爱它，来到这里，不断地来到这里，从五湖四海！

人们根据自己的足迹和感受发表着不同的评判，生活和工作，思考和流连。漂泊、踏实，融合、疏离，看不见的种种感觉，时常萦绕于那些南北征战、开疆拓土的创造者中心，"帝都"的魅力和气息也许就在这里，既稳定又充满不确定性。它见的太多，故事也太多，多到没有一个人能够看懂其全貌，也没有一个人能识破大局，尽管人们倾尽心力去探寻和追逐。

人们在每天的变化和历史的变迁中，感受着城市的风景以及自我的天地。北京，人们心中的"帝都"，而非庸常的城市，那些历史传承非同寻常的故事以及非凡的个人，让人们背负复杂的感受，历久不变。

中秋来临之际，放假的城市依然喧嚣，它像孩子一样感叹：怎么到处是车呢？从来没有来过稻香村！不管时代赋予人们多么宏大的任务，每天的衣食住行、点点滴滴支撑着梦想。假期，让人们回归庸常的生活，也是充满诗意的生活。稻香村，这个散发着清澈宁静气息的名字，完全可以承载人们的心绪，安抚人们的生活，给人们带来温暖如故的亲切感。

稻香村，在城市的楼宇中安然存在，老字号的点心依然形状优美，味道考究。当人们有充裕的时间品味和感受时，也许会想到：那些古老的传承，表达着人们对生活的精心和热爱，合乎圣道，合乎自然，合乎"帝都"风貌，成为北京魂魄的一部分。

昂贵的树叶子以及布头

原本长在树上的叶子，即使是茶树，即使可以提神醒脑、延年益寿，还是太昂贵了，还有布头，还有点燃烟草的打火机。

自从人发明了货币，把交换变成交易，再发展成贸易这些连续升级的行为，茶树叶子的身价一直处于上升势头，未来也许还会持续地上升。昂贵的树叶子见证着人们的想象力，也见证着由想象力带来的效益，虽然这些树叶子年复一年，反复从树上冒出来，也不知道人们早已为它们定了价，而且越来越高。

　　自从人们发明了头巾，是谁发明的？ 一定是北方寒冷的民族，把弃之不用的布条子裹在脖子上挡风保暖。 发展到今天，人们已经把布头变成奢侈品，通过千百种样式，吸附着货币，远远超过一块布头的价值。 千姿百态的大小布头五彩缤纷，价格不菲，甚至远远超过一条鱼，一只羊或者一头牛。布头在市场经济的海洋中都脱颖而出，缠绕着男男女女的脖子，出尽了风头，是那些专心织布的师傅们始料未及的。

　　自从有了烟草，为点燃烟草的点火器具如春笋般成长，种类繁多，通过那一束火苗子助青烟缭绕，让人进入暂时的迷幻陶醉，与现实隔离，或者思考着隔离或者更接近。 谢天谢地，打火机，这个手持点火器具，在秋风渐起的季节里，不仅可以点燃烟草，还有那么一种拥有感以及或多或少的布头，点燃的烟草完全可以宽慰秋夜的萧瑟落寞，随着烟草的明暗起伏，感受着暖意、快意以及不在意。

生活得当，随遇而安

　　生活得当，也许是最难的难题。 人们在诸多大事上可以著书立说，但是在解决家长里短上却无可奈何，据说古希腊哲学家苏格拉底在家庭问题上也是睁一只眼闭一只眼，我看这正是智者的明智。

　　家政、民政和国政，是世间三大难政，而尤以家政难理。最细小的妨碍最伤人，就像当下的雾霾。 生活是脆弱的，容易受到干扰，最适宜的态度也许就是大而化之，漫不经心，懒散为之。 认真生活仅仅是个态度，具体的行为上尽可以随遇而安，比如把房间收拾整齐是生活，凌乱也是生活，或者生活的气息更浓。 杂物分门别类规整有序当然好，杂乱无章也无妨，用时找得到方便，找不到不用也就算了。

至于理财之类颇费心力的事，安全过得去即可。 至于莫须有的理财收益，更需要一个秉持过得去的态度。 世间的欲求无止无休，如果被假如之类的设想绑架，犹如背上沉重的债务，自我负重、自我加压、自我苛求，就是枷锁了。 自满自足的生活凡事只求过得去，对自己宽容大度，自然对他人心怀包容。

至于洞察力呢？ 看看动物世界里常年眯起眼睛的狮子、老虎以及任何庞然大物，基本上是一副态度安然，无动于衷的样子。 生活，不妨学学动物世界中的王者，安然处之。

极致美味胡萝卜汁

胡萝卜的颜色美观艳丽，在绿色蔬菜中保持着特殊的颜色和风姿。

去过菜市场的人都知道：喧嚣热闹的菜市场，各种新鲜的蔬菜味道以及质朴的生活气息，几乎可以扫荡任何消极思想，当然积极思想也不知道跑到哪去了，只剩下对各种蔬菜的挑拣，太多了，都想要！

蔬菜让人们专注，蔬菜让人们回归到简单的生活。

而胡萝卜汁给予人们的不仅仅是生活了，几乎是超越生活的至美享受。 散发着浓郁香味的胡萝卜汁，味美至极，入口的瞬间仿佛临近天堂，如果人们工作太匆忙，还未来得及思考天堂的感觉，那就榨一杯胡萝卜汁自饮，味道带来的感觉离天堂最近。

胡萝卜汁鲜活、深邃的味道，仿佛一个内涵丰厚的男人一米之外的邀请，充满了想象；或者仿佛一个微笑不语的女人的致意，在一米之外。 凡是距离带来的想象，胡萝卜汁都有，未及已醉，一定会比酒精带来更纯粹的幻想。

带着微笑感觉，胡萝卜汁能做到。

带来愉悦的东西都在疗伤，疗生活琐碎之伤，医生命虚无之痛。 至于疲倦，疲倦既是身体对劳作的不满，也是精神懈怠的信号。 人们对自己的苛刻要求变本加厉，而身体却在悄然谋反，如果哪一天怠工，医生也无能为力了。

胡萝卜汁可以舒缓急躁症，鲜艳的颜色和纯美浓郁的味道一下子把人引诱过来，只想贴近它，身前身后都是眩晕的迷幻感觉，甚至追随你一天，即使烦心事也变得容易接受，或者欣然接受变成趣事。 真是很有趣，人们制造了这么多事端，并且永远不嫌少。

疗伤医痛驱疲倦，胡萝卜汁是个好选择！ 胡萝卜汁，爱的味道，情由心生，爱随所愿。

当我们不必分辨营养，心随所欲，好感觉一定不期而至。 胡萝卜汁一定散发着爱的味道，否则，哪来的满足与笑意。 想想秋去冬来人们的神情，想想人们认真生活的种种努力，以及工作的繁复多样以及各种不确定性，但是人们还是耐心地等待春风化雨，春种秋收，等到胡萝卜长成，耐心等待，仿佛等待爱！

是的，仿佛等待爱，即使胡萝卜汁也需要耐心等待。 时间，不会辜负人们的期望，好味道弥漫房间，犹如冬天里的春天，生机勃勃，活力无边，还有爱的倾心味道。

魔鬼辣椒：迷人的过程始于接触

"魔鬼辣椒"又称"断魂椒"。 吃过之后断魂，辣到了极致。 为了不让极致发生，又可以感受辣的极致感觉，需要想点办法，犹如为平淡的生活加料，有味又不能太猛烈。

像任何披上魔鬼外衣的事物，外表美艳是必须的，也可以认为是内外兼修。 魔鬼辣椒有着不一样的身段，不胖也不瘦，形状刚刚好，属于大自然眷顾的体态，在绿叶的衬托下，娇美鲜亮，散发着诱惑的味道，对于爱它的人，尤其非同寻常。 诱惑与接近诱惑，迷人的过程始于接触，如何变成口福美味，是诱惑必须接受的结果。

不能单独存在。 魔鬼辣椒与柴鸡同煮，在煎熬中逐渐散发辛辣的香气。 花椒、丁香、大蒜以及葱姜等日常调味品逐一加入，厮混越久，味道越不一般。 当然也不能太久，在适当的时候和口舌亲近，味感才了得！ 这个适当只有自己掌握，没有确切的时间，这是中式炖煮的精髓，全靠直觉。 记得我们的古训：事不过三，魔鬼辣椒最多放三个，否则真要断魂。

简单的生活

在物质超级丰富的时代，依然过简单的生活，需要的也许是超级强大的精神，这样的精神是淡漠，也是超脱，或者是不以为然、漫不经心的态度。 这样的态度面对灯红酒绿依然故我，面对华美绝然依然淡定，除了那个神秘的主宰，也许无人能及。

其实很简单，而简单却是最不容易的事。 蹒跚学步的宝宝都知道心仪别人的玩具。 克制，克制某些时候也许仅仅是安慰。 人们从来没有克制放弃追求，相反，人们为了追求而克制，至于克制什么依需要权衡而定。

放下令人心惊胆寒的历史描述，仿佛走出阴暗的老宅，大有豁然开朗舒爽之感。 少看一些书，多走一些路，总是好的。 故人的所思所想确实传承着精神的魂魄，却也覆盖着阴郁的烟尘。 去粗取精，需要相当的功力，是否不知不觉中被阴霾污染，也很难说。 也许真的该出去走走了，看看满园春色，看看夜晚的灯光。 此时，宝贝发来读后感：

信仰让人的灵魂变得高尚，信仰也会带给人无尽的力量，信仰是超脱生命之外的！ 书中的爱情、兄妹情、师生情、父女情，以及两代玉器传承者对毕生所爱之物割舍不断的眷恋，这一切的感情，都是对人内心力量的加强，都是对信仰的寄托！ 它构成了人的理想、人的渴望、人对生活的"盼头"……而这些人类共有、普遍的情感，不也正是我们的信仰吗？让我们不断在历史长河中坚定前进的正是这人世间无尽的情感，在绝望中守望着光明，在战乱中守护着希望。 ……《穆斯林的葬礼》读后感。

土豆馒头，马铃薯主粮战略的开路先锋

随着新闻联播的镜头延伸辗转，开始了土豆馒头的今生今世！

这是一个好新闻，不仅仅是因为民以食为天，也不仅仅是临近春节对食品的关注压倒一切。

现在以及未来，大国人民的口粮开始发生改变，土豆将可能成为小麦、稻谷、玉米三大主粮品种之后的第四大主粮品种。 手中有粮，心中不慌，让人心里不慌的除了玉米、稻谷和小麦，土豆也有了自己的地位，做成馒头、面条、米粉等人

们习惯的主食。 土豆馒头已经作为"马铃薯主粮战略"的开路先锋，走进了京津冀的 500 多家超市。

粮食安全以及保持粮食生产总体稳定是历年政府工作的头等大事，虽然时事繁杂，农事总是被淹没在喧嚣的信息海洋中，但对粮食以及食品的关注是生而为人的第一要务，无论精神提高到何种程度，毕竟人类只有吃饱喝足之后才可以手舞足蹈地表达，或者才有力气盖房子，或者迷恋金子或者对着电脑点来点去，炒所谓的各种权证票证，像中了邪一样，让钱财越变越少直至蒸发。 其实，自然界的蒸发是物质不灭，就像土豆可以变成馒头，吃到肚子里接着变，电脑助力金融的蒸发是了无痕迹，和神话近似。

土豆，学名马铃薯，具有耐寒耐旱耐瘠薄的天性，还有适应性广、生长旺盛的特点，做成馒头想必一定也会把某些品质优良的基因转化给人类。 食品可以影响人的性情，多吃土豆人们也许就不那么热衷于各类金融创新，特别是打着金融创新的旗号搞非法集资以及各类匪夷所思的新花样了，或者更不会出现管理失控。 研究食品科学的科学家虽然不出名，做出的贡献却是实实在在的。

敬意献给种土豆的农民、研究土豆的科学家，以及兢兢业业把土豆做成馒头的工人们，这些人的存在，给社会以稳定踏实的感觉。

人们对黄金的热爱

人们凝视珠宝，抚摸黄金的时候，他们的内心在想什么？拥有、贪婪、迷恋，抑或是对永恒的渴望？那也许是人类对黄金偏爱的遗传。物换星移，生生不息，一代又一代，短暂的人生对无限生命的渴望，黄金成为"生"的世代寄托。

黄金可能正在成为一些人的价值观。这个有着太阳般光芒的金属，被太多的人热爱，被储藏、被展示。黄金的价值由于日益被推崇而更加光辉灿烂，就像那些在人群中脱颖而出的明星，由于脱颖而出而引人注目。

沉甸甸的金条安静地躺在金融机构的地下室，平静而安详。谁给谁带来安全？谁又给谁带来保护？黄金总是喜欢寂静，黄金也总在制造喧嚣，人们希望黄金给其提供更多的保护，而黄金却依赖人类世代的垂青，相互依靠，互相拥有。

但是，人们不能靠凝视黄金度日，尽管很多人都体验过凝视黄金时内心的愉悦。凡是用金钱买不到的，都比钱更珍贵，比如友谊，比如爱情，比如亲情。地震和海啸，摧毁了建筑、冲走了物品，也带走了生命。食物、水、空气——最平常的也成为最稀缺的。此时，货币变成食物更有价值，黄金亦然。

可是人们，这个土地上的某类人一直热衷于将黄金与货币挂钩，让虚胖的货币和坚实的黄金在世界上翻云覆雨，勤劳无度，仿佛患上了无法祛除的过劳病，起起伏伏，把各种生存物质变成了无尽头的曲线，为生活平添烦乱。

自从黄金变成了投资品

黄金过去几年走势十分艰辛，金价无论上涨或者下跌都充满噪声，而且听起来十分地有道理。 自从黄金变成了投资品，就要经历市场的风吹草动，虽然黄金本身总是金灿灿岿然不动，但是其在投资者心中的价值却是起伏不平静的，要想成为成功的黄金投资者，恐怕也要具备黄金的属性：

一是熔点高——真金不怕火炼，黄金能够经得起一千多度的考验，投资者要经得起暴涨暴跌的洗礼。

二是延展性强——1克黄金可以拉伸到4000米，投身金市的人也要能够承受时间的折磨。

遗憾的是生命是有限度的，即使黄金也购买不到16岁的心情，当然也没有人购买60岁人的生命经验，都是过去的事情，经验是用来经历的不是用来积累的，就像金钱的积累一样，超过了限度就是欲望的堆积不见得是幸事，当然这个世界上不好的积累还有很多，比如男人或者女人身上的脂肪。

时代风尚

每个时代都有自己的时代风尚，反映着特定时代的风貌和人们的精神气质，仿佛庸常的生活，不管怎样的美化，都无法逃脱柴米油盐的气息。 幸好，人们，每个时代的人们在基本的生活需求满足之后，没有忘记关注自己的精神世界，即使那个精神世界只表现为唱一首通俗歌曲。

人们不辞辛劳地表达着生的态度，生的感受，种种种种。那些不计其数的商品恰如其分地传递着人们的思想，尽管远远超出了生活所需的范围，但是人们还是不厌其烦地发挥着永远不会枯竭的想象力，生产再生产，制造再制造，甚至让政府官员和经济学家为种种"过剩"大伤脑筋，呼吁各种转型。

人们浑然不知某些创造力泛滥带来的灾难，人们也不知道怎样节制和克制。 也许，生的征程仅此一次，浑然不知是最好的解脱之道，佯装不知是独醒者无奈的选择。 这些乐观主义者，这些热爱生活的人们，欢歌笑语，认真生活，凝聚时代气息。

人们生活在自己的观念中

每个时代都应该具有自己的特色，这个特色是由这个时代的人共同创造的，尽管那些时代先锋一直走在时代的前列，甚至是拖着时代往前走，但是无论如何却无法逃离时代的烙印。翻翻史书看看传记即可有个大致的了解。 对于过往时代的态度最好是敬重，太多的思考以及假设甚至挑剔就不必了。 三点认识备忘：

首先，人们生活在自己的观念中。 人们对世界的认识千差万别，又无法摆脱感官的束缚。 物质生活如衣食住行，精神生活如感觉观念甚至思想。 不要责怪人们太过现实，中午到繁华的街道走走就会发现，到处都是关乎衣食住行的表达，当然体现这个时代特色的表达还有通信及其器材等等，关乎感官及其生存是最通常也最重要的，其他忽略不计。

其次，人们的观念发生了。 衣食住行这些简单的问题蕴含的时代特色旗帜鲜明。

在衣食住行里，人们通过住房和交通工具表达着自己，并且住房和交通工具成为很强的表达符号。 住房成为投资品，投资成为口头禅。 放眼望去，无论是从金融街的高层还是玉泉山的山顶，白骨般的建筑有那么一种骇人的味道。 人将自己淹没在投资的砖瓦灰沙石中，花费了那么多的金钱和时间，乐此不疲，仿佛这个世界不存在周期率。

最后，观念的问题正在扭转。 当转型成为流行语，当创新成为口号，是时代的先知先觉者发现了问题。 推陈出新，交替更迭是大自然的规律，亦是社会发展的规律。 转型对于一直按照惯性奔跑的人并不温馨宜人；创新对于熟悉了既有套路的庄稼人也不是容易接受的事。 对于有理解力但缺乏虔诚的人或者人们，强制不啻为一种手段，虽然强制听起来不怎么动听。

如果希望过得舒适，还是忘了时尚吧

历史总是存在一些恒定的东西，人们为此着迷，也为此颓废，需要改变一下了，每个时代都有类似的呼唤，于是时尚登场。

时尚是某种飘忽不定的东西，人们误认为是创造，其实也许仅仅是一时的兴起，或者不着边际的胡编乱造。 但是迷恋时尚的人们仿佛中了邪气，偏执地追逐时尚直至迷失在时尚的汪洋中，直至另一个时尚登场。

时尚是转瞬即逝的创造，很少能够沉淀下来恒久传世。能够传世的东西在它出生的时代总是遭到非议。 其实，关于这一点用不着奇怪，精神上的门当户对是理解的前提，看看历史上传承下来的优秀著作，很少有赢得同时代人首肯的，因为同时代的人们正沉浸在他们能够理解的时尚中，不能自拔。

时尚的迅速崛起以及消亡，为商业和贸易创造了机会，商业据此持续存在、兴盛繁华。 从这个意义上看，时尚的存在有着非常积极的意义。 时尚不仅表达着时代，创造着时代，为时代贴上或辉煌或暗淡的标签。 时尚代表着机遇也代表着落伍，迅速地崛起和衰落，追求时尚犹如和自己抗衡。

如果希望过得舒适，还是忘了时尚吧。

关于服装及其时尚

时尚之风刮向何方，没有人说得清。 虽然时尚大师遍布世界各个角落，如咒语般散布着时尚新篇，但时尚还是如乍起的秋风，来去无踪，让追踪时尚的步伐总是在蹒跚中前行。

时尚反映着人们的情绪，或者反映着设计师的情绪。

一件漂亮的服装是裁缝及其制衣匠共同努力的结果，至于穿过了多少工序来到主人面前，是个非常复杂的问题。 尽管如此，还需要着衣人的提升再造。 从这个意义上讲，昂贵和廉价也许看谁在穿，提升服装的品质，需要不同凡响，怎样的不同凡响？ 可以随便翻翻领袖传记，远离时尚却创造着时尚，是另外一个层面的问题了。

普通人需要时尚。 虽然时尚消耗着人们金钱，扼杀着人们的特性，当然也彰显着人们的特性。 一件淑女连衣裙并不能代表着衣人是淑女，就像西服领带不能代表绅士，但是人们还是乐于相信衣服背后的那个人就是淑女绅士，即使他们与淑女绅士有着十万八千里的距离。

市场机会主义者需要时尚，时尚是他们生存和存在的价值。 对于寄生于时尚的设计师及其随从，制造时尚就是制造就业机会和生存土壤，如果再冠以文化的名义，简直可以和高尚沾亲带故了。 时尚代表文化，显然是高估了时尚的价值。但时尚显然促进着一代又一代人对美的追求，虽然有的时代前进，有的时代倒退。 对美的追求生生不息，不能否认。

超乎寻常的幽默感

　　把书写得那么长，美之名曰长篇。　仿佛若干间大小相等模样一致的房子，不厌其烦地雷同！　验证着一个不算年轻的结论：生命即重复。　把那些细碎小事切磨得再细小些，说了又说，不仅仅是某些作家的专利，生活在岁月中的人们甚至比作家更具耐心，这可以理解为人们对生活的热爱。

　　还有，对他人生活的关注。　犹如永不磨灭的利他主义之心，倾注了太多的关爱，如果关爱这个词可以被赋予更广泛的意义。　当人们分不清爱自己还是爱他人时，自私自利与大公无私也会同时在一个人身上纠结、缠绕，既有趣又烦乱。　看看掌寸之间网络媒体的标题，难免令人心生感慨；人类混乱的思维真是没有尽头。

　　还有娱乐，一切严肃问题都可以被娱乐化，甚至可以成为笑谈，仿佛这个时代具有超乎寻常的幽默感。　过度娱乐是一种病，缺少严肃郑重，所谓的快乐也不过是生物异议上的条件反射。　当然，与快乐作对，也不健康。

静默的夏天，我们知道什么呢？

　　静默的树木以及花草，还有道路旁边安详的木椅，人们匆匆而过。

　　人们，行走在世道人间的人们，知道了什么呢？　除了生存，人们知道发展，而发展也许是为了更好地生存，或者挑战无限的智力，或者满足无尽的欲望，或者在某个阶段无法遏止的野心。　而和生命的限度比起来，我们知道的总是太少，少到令人感到羞耻的地步。　也许，作为阶段性的产物，我们不可能知道的太多。所以，人们常怀敬畏之心是对那个神秘的主宰最虔诚的敬意。

我们知道什么呢？蒙田说得好：真正有知识的人的成长过程，就像麦穗的成长，麦穗空的时候，麦子长得很快，当麦穗成熟饱满时，它们开始谦逊，垂下麦芒。人经过一切尝试和探索之后，在一大堆洋洋洒洒的学问和知识中，找不到一点儿扎实、有分量的东西，发现的只不过是过眼烟云，也就不再自高自大，老老实实承认人的本来面目。

在生的探寻中，人们寻找坚实的力量和真理，发现和认识自己的弱点，可以算作是一件意外的收获。意外收获的难得之处在于：终于理解了谦逊的意义。

当然，对于这个观点，人们还有很多要说的话。人们总是拿相对论阐述这个世界，扩展到几乎没有边界的广度，非常有趣，但了无止境的论述，会让人陷入相对论的沼泽地，抽身不得，从有趣到烦乱，距离并不遥远。所以，接受一种观点对自己既是善待也是包容更接近智者的所为，无可无不可，我们为什么要批评人们的盲从呢？

即使天才，也会被困倦击倒

每个时代都有自己的气息，那是一个时代区别于另一个时代独特的历史感。他们保存在建筑、哲学、文学、艺术、生活方式以及众多留存于世的蛛丝马迹之中。

对于生活在具体时代中的人们，却不见得有明确的历史感，甚至连想都懒得想，因为太过繁忙，特别是在历史上某些发展特别迅速的时期，人们热衷于发展和创造，塑造连他们自己都会惊讶的时代风貌，不管这个风貌在后人看来，是可笑还是令人敬重。

人们忙于现实的生活，几乎无暇关注历史的前世今生。无数精力充沛、喜欢冒险、无所畏惧的时代精英，前赴后继地徜徉于时代前沿，既是奠基者，又是先烈，推动着历史的浩荡江河，奔涌而过。

不过话又说回来，不管时代怎样风云突变，生活总是以其缓慢而平淡的面貌示人，就像北京湿热混沌的七月正午，扼杀灵感，积聚困顿，即使天才，也会被困倦击倒。

所有的济世良方都无法和野蛮的天性抗衡

一切都是正常的，只要存在；一切都是不可避免的，生活在时代中的人既渴望恒定也希望变化，顾此失彼却可以自我慰藉，任岁月流淌，需要铭记的很快忘记，需要遗忘的却挥之不去，这就是时间中的人。

所有的济世良方都无法和野蛮的天性抗衡，所有的文化以及文明不知不觉中向野蛮低眉垂首。人类文明的轨迹血迹斑斑，那些灿烂的光环背后隐匿着种种暗影斑驳，了无穷尽。进步了？倒退了？看看我们说了什么，又做了什么！说了又说，做了又做，循环往复，演绎着似曾相识的故事，乐此不疲，了无新意！

如此之多！太多了，太多的人既无足轻重又重比泰山。比较是没有意义的，现实不会屈从于比较，在生的河流中从来是勇往直前的，过去就过去了，与时俱进或者与时俱退，生的千百种姿态也许只有人的生存如此悲壮而无奈，伤感而热烈，丰富而单调，描述生，用掉多少词汇都不算多，但是离去使用一个字就够了。在多少世代积累的语言中，如果食仍然名列首位，人类野蛮的心思以及行动就顺理成章，一切符合自然的东西都理所当然。

理想向现实致敬，浪漫向现实妥协，甚至那些看似正义的批判也要在适当的时候离场，无论是精神的还是行动的。　梦想以及梦境是不对现实负责的，虽然引领着人们行动的方向。抽了一支烟，烟草的味道不仅消除疲惫，在提振精神的同时也平复着喧嚣，一切静下来，一切平静下来。

和大自然相处的秘密

雨后，草木静谧安详，空气中弥漫的清爽犹如幸福的气息，犹如积累经年之爱，犹如人生之初的新奇，或者激情或者恋恋依依，怎样的形容都不过分，如此之好！

草木的友爱在于端庄安详，在于静默之中的同呼吸。　哪有那么多可说的，虽然人世间的事说也说不完，最珍贵的却是无须表达的懂得，就像在繁茂葱茏的小径漫步，心旷神怡，莫名的兴奋与快乐，清新怡然，就是我们和大自然相处的秘密，无论在雨前还是雨后。

当我们远离草木的时候，我们总是热衷于表达；当我们亲近自然时，本能动员了所有的力量去感受，似有所悟，似有所得，瞬间永恒，记录着同为自然的独特与寻常。

我的朋友表达着对树叶子的感受：从喝的树叶子到抽的烟叶子，不仅把这些树叶子分成三六九等，还有近乎缜密的评价，而最终的结果是依口味确定偏好，和价格无关。　我不在意树叶子的出身，也不在意烟叶子的身价，对于早已形成的偏爱如同对这个世界的偏见，习惯成自然，熟悉就好亲切就好，

纵使论述千言万语也不及两个字：喜欢。

专注工作，无暇顾及闲言碎语

正在专注工作的人，无暇顾及闲言碎语，他对他本身的工作最有发言权，可是恰恰是他没有时间言说。 农民看天种地，也无暇顾及来自路人的指点，就像政治家治国理政，尽管众说纷纭，智者言多，还是恪守自己的一定之规。 虽然，条条道路通罗马，但是属于每个人的道路只有一条。

评论家谈论治国理政，工匠谈论财富，演员谈论忠诚等等。 但是，只有政治家谈治国才更令人信服，富人谈财富才谈得坦然，战士最懂得忠诚的意义。

回到世俗的生活，有过生活和爱情双重经历的人，也许才能领会其中的况味，当然，不领会，也没有妨碍人们前赴后继地深陷其中，为尘世既增添快乐又增加烦恼，快乐和烦恼一样多。 连上帝也经常睁一只眼，闭一只眼，或者视而不见，任由他的孩子们率性而为。 至于是否理解或者理解得更好，全凭个人的把握了。

在睡梦中虚度光阴

时间具有可虚度性，无论怎样的繁忙，身体和意志共谋对抗繁忙，条件反射之一是：在睡梦中虚度光阴。

在睡梦中虚度光阴，也许是身体和意志对抗繁忙最优美的妥协之道。

懒惰和勤奋是抽象的意志在作祟，为了追求各种各样的目标，达到各种各样的目的。 时间有限，理想无涯，人们只好和自己的肉身之躯抗衡。 所有世间取得伟大成就的人，几乎都是充分利用时间苛刻待己。 那个看不见的意志用看得见的苛刻劳作身体。

当然，和时间安然相守，任凭岁月流逝安之若素的人也众。 身体和意志密谋懈怠，冒充智者所为，理所当然。 看不清与看得清都是境界，处在中间最难，一知半解不上不下。 在睡梦中虚度光阴，需要有超然如圣哲般的心态：睡就睡了，没什么遗憾的！

虚度就虚度了，安然就好！

有之不多，没之不少，如果人们对睡眠的安排也要做结构性分析，变成精于计算的韦伯主义，生活中的不确定性会大大减少，当然，趣味也会减少。 大家都知道：梦及梦想是怎么回事，大家还知道：自然意义上的梦是在睡中产生的，大家还知道什么？ 我不知道了！

让青春驻足在任何梦想飞扬的时刻！

对梦想的追逐，属于任何人，非青春独有。 青春值得珍惜之处在于：青春从来没有意识到自己，以自己随意妄为的脚步，度过每一天，淡然安然。 这样的时刻可以扩展到任何年龄，但不能刻意以求，仿佛这个世界上任何自然发生的事，贵在不经意，但是，但是一定要准备好心情承载。

生命之旅，新奇、迷惘、探寻以及梦想，一代又一代，给了这个世界无限可能，也让这个世界不断变换新奇的模样。 风起云扬的傍晚，人们的梦是否也在飞翔？ 我想，我一定要祝愿：让青春驻足在任何梦想飞扬的时刻！

遗憾的是：梦想的征途上布满了太多的藩篱，人们向时间妥协，看待自己的角度也发生了偏离。 我想，我的另一个祝愿诚恳而友善：我们都是孩子，生长在时间的怀抱中；我们都是受宠的孩子，为梦而来，让梦想和青春永远一般年纪！

生的千百种姿态

大千世界的千百种颜色，云彩聚集漂移的傍晚最美丽，天边无际大视野！

大千世界的千百种姿态，花朵和草丛最美丽，草丛和花朵相依而生，相伴而存！

大千世界的千百种情感，动情时落泪最美丽！ 在心没有变硬之前，柔弱和善良是世界上最宝贵的财富，也是那个神秘主宰最慷慨的赐予。 心痛就是爱，生而为人最好的感受。

被政治经济学浇灌的头脑，或许已经不适应庸常的生活，或者发展太快或者欲望太多或者被信息技术击败，人们如此匆匆地工作，如此匆匆地生活，仿佛傍晚知了此起彼伏地喧叫，齐声共鸣，它们在表达着什么？

是的，它们在表达着什么？

生的千百种姿态，人们既可以骄傲地活着，也可以谦卑地活着；既可以高贵地活着，也可以卑微地活着，等等。 但是不能想得太多，任何过度都是一种病。 在这个令人困惑甚至悲怆的问题面前，斯密终其一生的思考耐人寻味：就身体的舒适和思想的平静而言，生活中所有阶层的人群，几乎都处于同一个水平。 国王们浴血奋战想得到的，正是大路边晒太阳的乞丐们已经拥有的那份安全。

人们热爱着生，也要珍惜生的表达

傍晚的天光很美，美到令人晕眩。 语言和文字把美留住，也同时留住了感受，如影随形伴随着，感同身受。

理智为情感效力，语言当家，表达着喜怒哀乐。 语言塑造情感，为情感定型并且升华着情感。

谨言慎行，慎言慎行！

人们热爱着生，也要珍惜生的表达。 矜持一些，再矜持一些，即使在爱你的人面前，即使在你厌烦的人面前，保持克制的美德，时刻保持克制的美德。

不要批判解决不了的问题，不要抱怨，怨是坏情绪。

语言是思想的传播者；语言是修为的检测器；语言是行动的先行者或者是行动的泄密者。 历史总会在恰当的时候甩下一些人，包括对语言缺乏恭敬，胡言乱语的人。

记忆是不能忘记的，无所谓好坏

怎样的记忆，承载着那个时代，连接着这个时代？

我们总是对离我们最近的时代感兴趣，也许是因为基因还未来得及进化或者突变。 代代相承的记忆，时常不经意间在体内翻滚，让自己吃惊，不管我们是上一代的儿子，还是孙子或者重子重孙。

记忆是不能忘记的，无所谓好坏。 不过总体来看，逝去的都是好的，这样的好掺杂了对岁月的留恋和美化，或者仅仅是因为初尝人生滋味，一切都是新鲜好奇的，包括清晨的阳光以及露珠，傍晚的夕阳以及余晖，清澈的空气以及空旷无音的寂寞，还有幻想和怅惘吧。 少年的忧伤更真切，与生命俱来的忧伤，美丽的忧伤。

时间推移，阳光花草逐渐成为生活中的装饰。 我们学会了各种各样的学问，也开始对过往发生兴趣，一切的经历前人都经历过，包括对这个世界的看法以及活法。

人们不满足于亦步亦趋，想着变革与创新，以示和上一代人有所区别。 其实即使不创新，人类求新求变的本能也会把自己搞得面目全非。 然后回归，然后对岁月发出感慨。 岁月未变人先老，不关岁月的事，关乎我们的感觉发生了变化。

时代生活特色的六个方面

下决心记录当代生活不仅需要雄心，更需要在繁杂中提炼特色，时代特色。 人们在画报封面人物的演变中概括着时代特色，不失为一种方法，但画报的局限在于仅仅是形象的描述，更多的时代风貌体现在时代风尚中，从上层建筑到市井生活，方方面面。

谈到时代特色，首先要划分一个时间段，以百年计还是更长或者更短，考验着记录者。 改革开放 30 多年的发展足以替代百年，但毕竟不是百年，只不过是生活在这个阶段的人特别幸运，在发展的盛世中生活步步高，高到需要转型调整。 以下几个方面反映着时代特色，无论怎样书写都不能忽略：

第一是婚姻。 人们对待婚姻的态度日益开放，表明社会不再拘泥于一纸婚书。 要知道一纸婚书休妻是几千年的传统，社会进步以及发展一定要看婚姻。 随之而来的另一个问题是快速结婚以及永不结婚，或者结婚不要子嗣等等，这个庸常却不寻常的问题可以撰述，先点到为止。

第二是房屋。 居者有其屋，意思是居住生活的人房子是大事。 衣食住行，住虽然排在第三位，在当代人的生活中跃升第一位，属于时代特色，至于房屋价格高到令人匪夷所思的地步，以及成为广泛的投资品，在历史上可能很难找到类似的情况，开了先河。

第三是投资。 投资不是什么新奇的发明，也不是当代特色，但在当代演绎得如此广泛，包括投资品和投资人员却是可以深入探寻一番的。 任何东西，从美丽的石头到谷物杂粮，从被分解成碎片的各类产权到养生治病的乡野药材，都成为人们用来发财致富的投资对象，仿佛人们可以长生不老，对发财致富的迷恋倾注于投资，这个特色不能忽略。

第四是养生。 养生历代不衰，炼金术以及养生秘籍无论帝王密室还是寻常百姓人家，传承不衰。 但是在书摊上，养生书籍和四书五经一并论斤论两地叫卖，一定是时代特色。物质和精神结合得如此紧密，却又如此失去分量，还是值得深入研究的，人们在想什么？ 其实很简单，就不用再深究了。

第五是时尚。 时尚存在于空气中，时尚为金钱服务。 一种时尚的出现是为了消灭另一种时尚。 时尚在于演练和表达。人们认为时尚彰显个性，而真正的时尚是扼杀个性，时尚是个性的敌人。 遗憾的是被 20 世纪著名裁缝表达无数次的观点，湮没在当今时尚的海洋中。 懒得列举，随便看看时尚也许就会发现，某类人长得如此相像，可以当作时代特色记录，分不清面貌不是作者的错。

第六是环境。 雾霭是大自然的意见，这个意见不小。 生活在地上的人开始制定法律对待这件事，足见其大。 孟德斯鸠在论法的精神中没有如此的章节，大概这个问题没什么可谈的。 时代在进步，环境在退步，某些时候属于时代特色。

工作繁多潦草地生活

　　首先是工作种类繁多。 很多新鲜的工作种类把人们束缚在各种写字楼、办公间以及形形色色的场所，从事着五花八门的工作。 某些人乐此不疲地工作着，有些人敷衍塞责，还有些人无奈而无趣地打发着时间，仅仅为了混口饭吃。 从工作的角度看，各项工作也许都需要；从生活的角度看，减去99％的所谓工作无碍活着。 虽然人们口口声声喊着提高生活品质，每每行动却走到了想法的反面。

　　其次是指导和解释世界的愿望。 民主时代的最大特点也许就是每个人都想解释世界。 虽然这个世界无须解释，只须感受。 但是人们还是纷纷陈述对这个世界的看法，不是左就是右，都想把自己变成绝对真理。 对真理有所感悟的人或许早已放弃了真理。 一个生活中具体的人哪里需要懂得那么多。 活到老，学到老确实是值得激励的人生态度，但是每个人都知道：这并不容易做到。 这个要求也不太符合通常的人性，但是，作为提倡一定还是要坚持的。

　　最后是潦草地生活。 任何时代都有潦草的人，过着潦草的生活。 但这个时代的潦草还是值得记述几笔的。 一天要处理若干事项，或者见若干人或者坚持工作若干小时等等，确实也找不出比潦草更好地应对之策了。

以有限的才能从事
无限的工作

以有限的才能从事无限的工作，本身就是挑战，不仅挑战潜能，也挑战着自信以及体能。 因为我们的自信是建立在具有强健体魄，即身体还能为精神效力的时刻。

我们偶然而冒昧地出现在这个世界，以各种方式感悟着这个世界，深陷各种关系之中，犹如身陷一望无际的海洋，怎样的感觉？

第一是新奇。 也许新奇这个词不足以承载第一感受，此刻实在是找不到更好的词，等待进一步的描述丰富它要承载的意义吧。 新奇，犹如婴儿睁开双眼看世界，人的一生很多时刻被新奇引领，直到某个时刻顿悟，彻底解决了新奇。 当然不是把新奇及新奇的感觉解决，而是悟出了新奇本来不是首要问题，于是转而思想，而思想却是如此无穷无尽。

第二是情感。 把情感放在第二位，也许是因为人终究无法摆脱情感，不仅仅是由于人们身陷各种关系难以自拔，其实也没有拔出来的必要。 各种纷繁复杂的关系成就了人生，也成就了人类大业。 生命世代延续生生不息基本依靠各种关系维系，当然最主要的还是男女关系，虽然男女关系在当代比较不简单，过于物化。 无论怎样，男女关系以及生殖冲动是这个世界最简单的问题，也是那个神秘主宰最慷慨的赐予。 情感弥漫其中，时浓时淡，万古不变。

第三是发展。 发展分为两个方向，向前和向后。 倒退就是向后走，也是发展。 新奇和情感是万古不变之人性，而发展则大不同，利益可以引领。 利益这个词在浪漫主义者眼中不怎么体面，主要还是虚荣作怪。 但是虚荣解决不了很多现实问题。 好在当代没有人视钱为阿睹，也没有人和利益过不去，倒是有某种都要变成精于计算的韦伯主义倾向。 对这个问题三言两语说不清，作为备忘，以后详解。 发展是硬道理，如果深刻地理解了这句话，也不必花费时间和精力解释了。

还有吗？ 一些比较微观的问题牵动着人们的神经：央行降准，股市上涨，银行日子不好过等等，金融江湖很热闹。 接了三个电话，顺理成章的想法变成了拼凑，了之。

灵感来自何方？

感官助力，为思想插上飞翔的翅膀，在缥缈的时空感受着那个神秘主宰慷慨的赐予。 酸甜苦辣，五味杂陈，不是很好吗？ 我看很好！

但是人们并没有就此满足，在纷争中阐述生的种种痛、种种快乐，还有烦恼和抱怨。 那些没完没了的抱怨犹如孩子对世界的好奇，为什么是这样而不是那样？ 谁知道呢？ 我们的期望总是和现实有着不小的距离。

"取法于上，仅得为中；取法于中，故为其下。"认真端详这几个传承下来的熟悉文字，从理解到行动再到结果，大家都看到了，接受现实需要襟怀，改变现实需要梦想。 襟怀和梦想，强化着人们对这个世界的感受：某些时候愉悦，某些时候落寞，多数时候庸常平凡，甚至忘我。

不争论，需要思想的老底子厚实，精神的定力筑起思想的根基。 没有根基摇摆不定也是自然，看看东四十条的古树，树不动，枝蔓和叶片飘扬不定，很优美的自然，也很好。

灵感来自何方？ 没有灵感的时刻最安然。

精神持续繁忙

人们需要表达自身的感受，以及对这个世界的看法。 尽管除了偏见还是偏见，人们还是矢志不渝地发表着不同的见解，说了又说，甚至在没有想好之前，闪念就变成了语言。

世俗的生活如此迷人，甚至烦乱都散发着迷人的色彩，否则人们不会对庸常的生活投入那么多，无论是财力还是精力，人们全神贯注，倾力而为。 精神持续繁忙，可以缓释悲天悯人的情怀，那是人们内心深处最无奈的痛，如看不见的眼泪。

我接受了那些无聊的戏剧，低俗而无趣，也原谅了媒体夸大其词以及胡言乱语。 人们有追求崇高理想的自由，也同样可以保留对恶俗的偏爱。 这个世界当然存在高贵的爱情，也有通常的情欲。 况且，在高尚和低俗之间，它们的距离并没有想象的那么远！

把一切交给时间

时间不偏不倚，记录着个人和阶级演进的轨迹，虽然变化不定终究有迹可循，盛衰起伏演绎着人类大梦，生生不息！

在历史演进的过程中，复杂多变是常态，恒定如一是理想，当然，变化也是理想，只不过这样的理想往往超出想象，像任何时代发生的那些始料未及的事情，时势比人强，即使想象插上翅膀，也比不过时势。

看了两篇报告，既复杂又简单，还有一种说不出的夸张。篇幅过长的文章总是有那么一种煞有介事的味道，略有思想的人都会想到：把一件事说清楚其实不必花费那么多的篇幅，拐弯抹角一定是另有图谋，或者水平所限，至于是怎样的图谋以及怎样的水平所限，只有天知道。

现存的总是最鲜活和能动的，至于具有怎样的生命力以及怎样的持续，各路预言大师不一定靠谱，我们自己的直觉也不见得有多么灵光。把一切交给时间，还是把一切交给时间好！

世
界
的
中
间

我
把
你
放
在

谁比谁更快乐呢？一种生活总是高估了另一种生活，几乎不可改变，如同根深蒂固的偏见，所以管控分歧成为近期国家之间交往流行的语汇。管控分歧如果应用于日常交往，也许更具现实意义，可以减少很多生活中的鸡毛蒜皮，甚至厮杀。有什么大不了的？现实往往是大不了的事情更消耗精力，并且司空见惯反复发生。

如果中秋赏月这样的事每天发生，还是非常值得期待的。此时，从南到北，月亮及月亮触发的情感，给人们的生活带来诗意，尽管有那么一种临时的味道。在一个变化的世界中，什么是永恒的呢？

造物主向亚当说："我把你放在世界的中间，为的是使你能够很方便地注视和看到那里的一切。"

这不是一般的要求，这是造物主对君主的要求，或者对世界上大大小小若干君主及类君主的要求。芸芸众生只需顺其自然，欣然接受命运的安排。

语言担当传达 思想的重任

活泼有力的思想，明确简洁的表达方式，清晰的节奏是任何时代主流语言的特点，语言不仅担当着传达思想的重任，也是日常生活的使者，是正确表达意愿以及实现意愿的传令兵。现实是：人们往往忽略了语言的职责，在说话这件事上表现轻率。

首先，要敬重语言和加强训练。 生而为人之初，说话和怎样把话说好这件事应该引起足够的重视。 家长是孩子的语言老师，要知道说话是每天醒来必须面对的大事，传达错了哪怕是语气用错，也会产生重大的误解。 现实中很多问题都是由于表达失当造成的，除了故意而为，有多少是无意而为？

其次，语言是活的表达。 很少有人对甜言蜜语充满憎恨，尽管人们对甜言蜜语充满怀疑。 谁都知道忠言逆耳，现实中没有几个人可以欣然接受不入耳的忠言，即使真理也要轻声慢语顺心顺耳，优雅恰当地表达。 活的语言要宜人动听，而不是随意粗糙，语言作为技艺修炼是一个时代高度文明的体现，原始人类只要发出声音就是了不起的进步了。

最后，语言代表着权威。 虽然人们在社交中不太严肃的表达更多，但是在重大思想活动以及严肃的问题上，语言为自己披上了身份的外衣。 那些严肃而庄重的声音总是令人肃然起敬，而喧哗以及娱乐总是少有尊重，而粗暴呢，粗暴简陋的语言除了暴露身份还是暴露身份。

语言，优美的语言会激发人们对生及生活无限的联想。

语言作为文明的象征之一，不断发展演变着，人们的语言越来越丰富，声音也越来越动听，承载着广阔无边的思想，所有的一切都在丰富着这个世界，无论从内容上还是形式上。 在对待语言这个问题上，还是给予必要的重视好。

深不可测的和谐

秋天，以其不动声色的炫目，昭示着生命的季节，昭示着恒久与轮回。 不尽的秋色，寂寥的声响，滴滴答答，不快也不慢，蕴藏着深不可测的和谐！

这就是秋天，这就是季节！

落叶遍地，树叶成双结对地坠落，欢快地坠落！ 如果厌倦了平庸，如果厌倦了妥协，看看秋天，看看落叶吧！ 单纯而飘逸，浪漫而无际，自由地呼吸义无反顾，再也不想过问过往的成长与玄思！

落叶遍地，秋雨淅淅！

"如果我们真能尽情活着，也就再也不需要艺术了。"艺术正始于生活终止之处。 是的，感谢历史上所有伟大的失意者，对生活的失意成就了对生命的得意，关乎思想又超越思想，关乎财富也超越财富，给生活以诗意，给生命以魂魄，色彩纷呈，冷暖人间！

冷与热的较量

太过庄重了！如何把庄重过渡到甜蜜，或者把一个十分严肃的问题变得轻松？就像治疗没有缘由的头痛，愉快的交谈可以解决，遍地落叶也可能化解。头痛，如果不那么较真的话，就像某类风，莫名地来又莫名地去，谁知道呢？世间如此之多的神秘。

静夜凉意甚浓，安详静谧被神秘包围，那些缓慢滑落的叶片，在黑夜中安然坠落，安然坠落，安慰着土地，也找到了自己的皈依。

听到情侣们的欢笑了吗？秋去冬来的夜晚也散发着热情！

看到楼宇间闪烁的灯光了吗？被欲望串起的建筑充满生机！

在冷与热的较量中，温暖带着善良的美意踟蹰在城市的每一个角落，为仅此一次的生命注入欢歌，忘情忘我，甚至粗俗都是活力的一部分，或者粗俗是不存在的，那是带着爱意的表达，表达着生，表达着生的苦难与欢笑，甚至乐于融入其中。

仿佛什么都知道

人类社会发明了各种各样的制度，并且互相纠缠着，层层叠叠，与其说是为了促进发展，还不如说是为发展筑起藩篱，或者给发展系上缰绳。人类仿佛什么都知道，忘记了敬仰与顺从，深陷泥泞沼泽，制造着权力更制造着权力无法驾驭的麻烦，从未深省灾难深重。

傍晚的天光瑰丽清冷，也充满着令人畏惧的寒意，那个看不见的主宰俯视着人类的一切。世界需要一个君主，人心需要一个神圣。 金钱主宰的世界无法安定人心，却很可能扰乱人心到极致。 看到百分之九十的地市州县发生了非法集资，以及股市的熔断机制4天蒸发7.4万亿元，触目惊心的数字以及背后的故事，也许就不能用金钱和数字计了。

理解社会的普遍运动以及充满时代特色的精神风貌，需要深刻的洞察力以及有所为有所不为的明智。 某些时候，发动群众是异常恐怖的行为，古代社会治理先贤曾说，水能载舟亦能覆舟。 某些难以意料的热情是不能激发的，关于拦河筑坝、关于泄洪引流的道理简单也深刻。

对糖的热爱是人的本能

甜味，是人出生后首先接受和追寻的味道。 对甜味的敏感和偏爱既然是人的天性，喜爱甜食理所当然，喜欢糖更是本能，没有什么可与本能抗衡的。 放弃对抗，余下的就是赤裸裸的喜欢了。

超市中的各类点心都是甜的，糖果也是甜的，分门别类的甜，种类繁多的甜，让临近春节的卖场弥漫着甜蜜的喜庆，人间的繁华因为有了糖的味道，才有了无尽的甜蜜及甜蜜的感觉，仿佛置身于幻觉之中，或者幻觉就是现实的一部分。

堂堂正正对糖的热爱是人的本性，超市和糖果店是最坦荡的，证明着人类的身体根本离不开糖。 糖是人体所需的重要营养素，构成细胞及其组织，调节生理机能，供给热能。 据说人体活动的能量约有70%是依靠糖供应的，并且糖是脑神经系统热能的唯一来源。 人的呼吸、血液循环、肢体运动及体温保持都少不了糖。

糖是构成神经、软骨、骨骼、眼球角膜、玻璃体的重要成分,核糖核酸和脱氧核酸是细胞的重要成分，血液中含有葡萄糖，体内脂肪氧化依靠糖供给热能，糖还助肝脏解毒，肝脏中贮存的肝糖原促进肝脏代谢，增强肝脏再生能力，提高肝脏解毒能力。 我们喜欢糖并且作为传统的节日礼物，是和我们身体生存之需紧密关联的。

喜欢糖的甜蜜味道，甚至对糖充满偏爱，也是对痛的逃离，对苦的回避！ 谁不喜欢糖呢，瞬间把人带入温馨甜蜜。

庭院深深，曾居何人？

庭院深深，曾居何人？ 庭院建筑总是和人联系在一起的，是人赋予了庭院魂魄，虽然时间将一切磨平，而庭院建筑却还保留着过往的宗法尊卑、世道人情以及或非凡或平庸的故事，启发着后人的想象力，也启发着后人的生活。

故宫储秀宫和慈禧的名字联系在一起。 从当代人的眼光看，储秀宫呈现的陈腐荒落是令人震惊的，就像任何顽强遗留的庭院，第一眼总是惊心动魄，如此陈旧却安然肃立也许真的需要一种精神。 灰硬的墙壁以及悬挂了数百年的文字图案，曾经或者依然华美的物件散发着古老的气息，仿佛在警示着后人，既沉默又傲然地在警示什么？ 在和时间的妥协共存中，时间见证了人的存在，庭院为证，物件为证，虽然庭院也在衰老，衰老到我们看到的这个样子，令人心痛的样子。

皇家庭院深深挡不住古旧，民间的庭院亦如是。 如山西的王家大院以及安徽的宏村和西递等等。 庭院主人无觅处，早已消失在时间的洪流中，庭院本身却引来游人无数，供养后代任后代肆意发挥，其实后代的想象力比较匮乏，多数时候变成了门牌票价，熙熙攘攘看个热闹。

看庭院深深，大多数当代人的日常生活品质超出前人，至少是超出了那些曾在庭院生活的主人们。 也许多数人不是来比较日常生活的，当然也不是来探究文化的，至于是什么真说不清。 就像这个世界上永远存在的诸多不满意，谁知道呢？人民对生活总有更多新期待，看看庭院深深，看看灰墙硬壁以及古旧文物，当下的一切在后人眼中也是这个样子吧。

低俗有着更广泛的意义

人生的闲言碎语是真实的，也是荒谬的，我们既离不开这样的真实，也离不开如此的荒谬，这是真实的生活，甚至比黄金、房屋以及被神化的那张纸币更具体、更生动！

低俗反映着这个世界的风貌，虽然我们有着更高尚的追求，但是作为通常意义上的追求，低俗有着更广泛的意义，即反映着大多数人大多数时刻的真实状态，怎么能抱怨生活目的的低下呢？ 还是让我们从另一个方面来赞赏人们生存的勇气、真实、质朴和自然吧。

媒体总是离不开视觉冲击，当然也包括各种形式的语言暴力，要知道这些暴力是引起关注最有效的刺激，多数时候人们不喜欢真理只关注暴力，真理属于少数人，大多数人过着圣者般的生活或者干脆如傻瓜，只要不影响日常生计，那些颇费心思的各种问题就当不存在。 某些时刻，某些问题存在和不存在没什么两样。

超然于琐碎和世俗

当我们心醉神迷地欣赏艺术精品，陶醉于前人的真知灼见，如痴如狂，仿佛爱上一个人。 或者，我们不愿意看到现实，或者现实早已经披上幻想的外衣，沉浸在梦幻的海洋中。

我们幻想：那些伟大的先人是多么幸福，他们的优异和先知仿佛不是生活在尘世。 可是，如果我们的偏执还没有完全遮住双眼，就会发现：所有的优异和非凡都是巨大牺牲的副产品，如同精神持续繁忙，没有被琐事绊倒，天赋与理想共谋，成就着优异与非凡。

被美化的生活，是梦中的生活，也是值得期待的生活，如果没有追求，如果没有要求，沉寂与喧嚣还有什么意义？ 不是不琐碎，不是不世俗，超然于琐碎和世俗，被美化的生活和现实的生活就可以无限接近！

生活在时间中的人

生活在时间中的人，以及通过人得到体现的时间，有多少让我们琢磨不透的意外？

我们的判断受到角度的制约，视野的局限，我们的感觉也无时无刻不影响着判断力，在事实与期望之间存在着距离，有时十万八千里，有时近在咫尺。 而我们与他人之间也总是分歧多于共识，需要无数的时间沟通，耐心和等待无法化解某些冲突，于是求同存异，于是妥协，于是在分歧与冲突中前行。

我们每个人都是从渺小的自身发出对周围的人和事进行判断和评价，尽管信息技术让信息无限扩大，但是我们还是无法冲破自身的藩篱，东奔西突。

众生芸芸，说了又说。

我们需要一个伟人，人性中依赖以及依附的天性如此深重，犹如爱，犹如恨，深深根植于任何时代人们的心中。 也许我们真的需要这样一个人，决定某个时代人们特定的生活方式，给人们的生活带来切实的好处以及改变。 无论如何，他们给时代和生活在这个时代的人以特定的存在状态，并且这些记忆无法磨灭，变成文字变成文化，深入我们的骨髓，甚至听到带有那个时代痕迹的声音，都会让我们热泪盈眶，缅怀不已。

我们也需要一个独特的自己，迷醉于自身小我，要么自恃过高，要么自卑自轻，或者形体与思想脱离游走于世，被各种事物牵引，将自己遗忘。

时代给人们特定的生活空间，在平衡与失衡之间抒写着迷一样的轨迹。 看看人们当下的生活，展示自我、张扬个性，也许正是个性迷失的表现。 强调什么，就是缺少什么，就像近日以来深不可测的蓝天，显然是蓝天稀缺，本来应该习以为常的天空变成稀缺之物，一定是什么地方出了问题。

想象力为各种行为插上翅膀

在这个无中生有的世界上，一切皆有可能！ 凡是想象力达到的地方，这个世界都会换上神奇的衣裳，从具体到抽象，改变着模样。 想象力驱逐着现实的粗陋、平凡或者无精打采，化庸常为神奇，充实着生的大梦，也引领着未来！

某些时候，想象力是一种观念，那么虚妄，仿佛梦呓却神奇地出现在未来的某些地方，直至变成庸常；某些时候想象力是一种声音，是一种色彩，或者是莫名的冲动以及真挚的情感，让世界突然变得不一样。被想象力裹挟的灵魂无可救药，颠覆着世界也颠覆着自己，每个时代都有与众不同的想象力，区别着其他时代。

推动时代发展的因素固然很多，想象力无疑发挥了巨大的作用。但是把房子越盖越高作为投资品只有当代发挥到了极致，这可能是个反例，想象力受到束缚，被砖瓦灰砂石固化。当然，这要比某些疯狂的时代，为着头脑中的怪念头发动战争，厮杀征战，血流成河要好，至于好到多少？无法计量。

想象力为各种行为插上翅膀，至于飞到哪里并不负责。于是我们可以看到现实世界各种匪夷所思的现象，层出不穷却也有迹可寻。一个平常平凡的人面对无拘无束的想象力，就像一个手无寸铁的人面对全副武装的士兵，该怎么办？每天上演的现实版人间故事，都有情节和结果，都有安放想象力的空间。在这个问题上不思考是对自己最大的奖赏！

阅读的魅力

斯密的放弃，伟大的放弃！

有一段时间，斯密产生了构造出"语言理性语法"的想法，因为他相信："所有推理活动都依赖于某些抽象能力，而理性语法则可以让我们清楚地看到这些抽象能力在思维之中的自然演变过程"。 斯密试图解决两个问题：

其一：社会环境如何影响文学风格。

其二：在后罗马帝国的繁荣城市中，闲适的生活何以使历史学家塔西佗变得多愁善感。

斯密承认：商业的兴起和使用通俗语言作为交流手段之间存在着有机的联系，毕竟"没有人会用诗歌讨价还价"。 这段时期，斯密的头脑中正在孕育着一个新的想法，即金钱本身就是一种具有说服力的工具。 但是后来，斯密在《国富论》的出版稿中放弃了这个想法。

也许正是这一放弃，让斯密更加迷人而伟大。 超乎寻常地迷人，超越时代的伟大。

斯密写道：一切博爱都是上帝的职责，不是人类该思考的问题，人们应该寻找自己的幸福，并为亲友同胞寻求福祉。

质朴勤勉的小店主

　　只有实体经济发展了，经济增长才能平稳。 脚踏实地、质朴勤勉的小店主应该得到更多的尊重，而不是当下那些炙手可热的某些金融理念，当然这个行当的人永远需要这些理念。

　　纯净、晴朗、清冷的金融街，被阳光普照。 当然，今天的阳光普照华北的任何地方，包括令我不能忘怀的道尔泰市场——清晨那种清爽、忙碌、布满蔬菜清新味道的气息。 小店主作为一种谋生方式，几乎也就是一种生活方式，或者生存方式，曾被斯密亲切地称为小店主之国。 也许，只有那种合乎圣道的朴实得到更广泛的传播，社会才会和谐。 因为，人们，不管多么思想深邃、梦想飞扬，还是需要早餐填饱肚子。

　　小店主，是社会的基石，是经济的基础，是人们生存应该致谢的职业，被人们忽略了，就像空气经常被忽略。

秘密的和谐

　　美的基础在于和谐，对称连贯的和谐，是人性中最深奥的秉性，是那个神秘主宰对众生的态度，也是众生最优美的生存之道，无限地接近幸福，如果每个人都理解了幸福的真谛。

　　阴与阳，最古老而简捷的和谐，存乎黑白之间，互相拥有又各自独立，优美的曲线互相缠绕却界限分明，既是二也是一，仿佛一个古老的秘密。

　　人们倾尽心力创造着生活，因为生活赋予生命太多的内容，无论人们怎样地追求，终不过是沧海一粟，尽管如此，沧海一粟也包含了太多的意义。 这是一粒种子的秘密和谐，单一又繁复。

人们欣然享受生命的赐予，慷慨奉献着源自身体的能量。房屋、建筑以及千奇百怪、不计其数的物品，有的恒久传世，有的转瞬消失，了无痕迹，甚至不容遗憾和叹惜。也许，和谐之道不是人们应该考虑的问题，只有欣然接受，心怀感激，深信不疑！

在生命的限度内成就理想

在斯密百余万字的传世之作中，"看不见的手"的表达只出现过三次，且没有一次与自由市场、资本主义及复杂的国际贸易有丝毫联系。如果斯密有知，看到"看不见的手"被经济学界如此广泛提及，几乎成为斯密的代名词，一定会淡然失笑。

斯密曾写过一句话："世界上的巨大成就，人类道德和观念的权威标准，几乎没有一个不带有几分过度迷恋的色彩"。也许过度自恋的人才能对自己的信念坚定不移，在生命的限度内成就理想。

斯密著名的《国富论》以及那本也很著名却不怎么普及的《道德情操论》，养活了很多人，甚至让很多人出名，这可能是斯密未曾料想的。斯密在牛津大学孤独而忧郁地过着离群索居的生活，思考教育问题时，几乎不会想到：某个傍晚，某些人餐桌上的饭菜是斯密提供的，但斯密有知一定会很欣慰。

亚当·斯密：一个伟大的苏格兰
人是怎样看待世间人性的？

一个伟大的苏格兰人是怎样看待世间人性的？

《道德情操论》和《国富论》，斯密的两部著作，为我们理解至今充满矛盾和迷惑的人性提供了看似矛盾重重的观点：人们的道德观和市场观怎样地相互影响，怎样地冲突与和谐，在哪一点上达成一致？

《道德情操论》强调"同情"，而《国富论》强调"私利"。

斯密写道：物种自我保卫和繁殖的机能架构，似乎是自然界给予所有动物的既定目标。人类具有向往这些目标的天性，而且也厌恶相反的东西；人类喜爱生命、恐惧死亡、盼望物种的延续和永恒、恐惧其物种的完全灭绝。虽然我们是如此强烈地向往这些目标，但它并没有被交给我们那迟缓而不可靠的理性来决定。相反地，自然界指导我们运用原始而迅速的天性来决定实现这些目标的方式。

斯密写道：饥饿、口渴、寻求异性的情欲、爱情的快乐和对于痛苦的恐惧，都促使我们运用这些手段来达成其本身的目的，这些行动都将实现我们原先未料想到的结果：伟大的自然界所设定的善良目标。亚当·斯密本人也许并不认为这两者存在矛盾，他或许认为道德情操和私利最终都将达成相同的目的。

智慧和美德，无力与时势潮流抗衡

有些问题，即使论证了自由市场资本主义内在稳定性和发展趋势的斯密，也充满了困惑。 尽管亚当·斯密发现了"看不见的手"，但是对于他那个时代存在并且一直延续到现在的现象，斯密进行了轻描淡写地描述。

亚当·斯密漫不经心或者也是无奈地写道：

智慧和美德，无力与时势潮流抗衡。 人们往往会对那些有钱或者有权的人心生敬仰和崇拜，尽管这种感情是自然的，而且某种程度上也对社会的稳定有益。 然而，这种感情倾向也恰恰是导致我们的道德情感腐化的最主要、最普遍的原因。斯密进一步的论述也许还有，比如纯粹的道德遭到的是鄙视和嘲笑，等等。

随着时代的变迁以及文化的发展，人们的认识也许进步了，或者在原地踏步的基础上增加了新的内容，但是具体的人不会有太多的改变。 在家拈针绣花，出门提刀杀人的人有；放下屠刀，立地成佛的人也有；或者根本是挂羊头卖狗肉却欣欣然理直气壮也不在少数。 自由市场资本主义，激发的创造力也许会让斯密惊讶不已，而经过一代又一代的传承与发展，却没有脱离斯密漫不经心的结论，这也可能是他更钟爱《道德情操论》的原因吧。

何必介意呢？ 放下书卷现实更真切。 庙堂之高与江湖之远，千百种世态，都是世态。 登场要精彩，下台要安然，没有什么大不了的，只是酒喝多了胃不舒服，烟抽多了影响牙齿美观。 看法也就如此了。

情感的仆人

　　当世界被划分为各种类别无限清晰时，一定是书斋里的看法。　尽管这个世界确实被那个神秘的主宰安排着，但他更希望看到他的孩子们率性而为，寻找属于自己的道路。

　　亚当·斯密认为：我们生活在一种现实之中，这种现实不是自然界，而是我们的心灵和想象对自然界的反映。　与所谓的理性相比，感情是行为更为合理的源泉，也是更为可靠的经验。

　　斯密的见解到今天也具有指导意义。

　　更进一步讲，受感情支配的行为以及结果，让我们不得不接受各种宿命，我们是情感的仆人，现实可以部分印证判断：

　　比如对当下资本市场的各种判断，延伸至对各种投资品市场的判断。　在所有关乎投资、风险及其收益的问题上，人们被强烈的感情驱使着，所有的客观分析和研判在情感的洪流面前都变得相当脆弱。　时而如惊弓之鸟，时而牛气冲天地波动，经济学解释不了的问题，心理学甚至玄学登场，并且解释也很过得去。　情感甚至偏见篡位，统御判断左右行为，竟也成为现实，另类现实常态化是存在，并且是客观存在。

　　在各种充满矛盾、不甚和谐的表象之中，谁来调和？　谁能让这些现象看起来协调，完成近乎伟大的妥协呢？　也许是快乐吧？　也许是适者生存？

奢侈，本能之外的需求

奢侈，本能之外的需求，在繁忙和喧嚣中，奢侈也近乎本能地存在着。 在社会不断演进的过程中，人们已经疏于思考奢侈的产生及其存在，被欲望牵引走向任何可能到达的地方。

亚当·斯密是怎样认识的？

亚当·斯密用惯用的语调写道：和地球上其他动物不同，人类给形状、颜色、稀缺程度等一些对于满足人类需要并无"突出贡献"的性质赋予了一定的价值。 人们努力在石子中搜寻钻石和红宝石。 生理上的需求可以得到满足，而欲望，似乎是永无止境的。

似乎，是永无止境的！

亚当·斯密可能意识到：在时间的长河中，仅仅用欲望解释历史的发展，显然失当。 但是斯密的伟大之处在于：总是用通常人们能够理解的方式进行研究，漫不经心地适时转移话题，然后又非常清晰而严谨地回到他的商业研究中来：商业的发展，不是因为对上帝的热爱或对统治者的敬畏，也不是因为仁慈，而是源于以利己为目的的合作。

"给我我想要的，你也将会得到你想要的——对自身利益的关注，根据双方约定的价值标准进行以获利为目的的利益交换"。 在界限分明的商业规则中，斯密犹如一个精于计算的商人，但是斯密下面的研究却满怀悲悯甚至有那么一种嫉俗的味道：

尽管英国高举自由大旗，可几百年来许多规则和特权都已根深蒂固。 许多行业都在试图建立新的垄断和规约。 "同行业的人很少聚在一起，即使为了娱乐或者丰富业余生活也很少聚会。 但他们一旦聚在一起，不是讨论欺骗公众的阴谋，就是商量提高价格的诡计。"

亚当·斯密，长盛不衰的亚当·斯密！ 就是如此把我们带到这个充满趣味和迷思的现实社会，无论是批判、指责、抗争或者顺其自然，都如此存在着。

节制与奢侈

几乎所有的西方哲学家都认为，节制是美德，而亚当·斯密的表述更有一种令人愉悦的亲切味道：雇用许多工人，是致富的方法；养活许多家仆，是致贫的途径。 斯密在研究财富增长的实现途径中，将节省并积累作为最普通也最显而易见的方式，作为最重要的优势。

"成由节俭败由奢"仿佛在东方对应着斯密的判断。 无论是宋朝的词人还是唐朝的诗人，更是把节制与节俭上升到国与家的高度，"历览前贤国与家，成由勤俭败由奢"。 从文风和写作风格上看，在关乎节俭节制的认识上，亚当·斯密更委婉，中国的诗人更直率。

趋同和趣味，在不甚深入的阅读中，即使找不到适当的词语表达，沉迷其中即是所得，无须他求。

现实中，人们是怎样对待奢侈与节俭的？ 正如中国的诗人寄情山水，亚当·斯密对乡村的看法几乎能够让每一个人得到慰藉：乡村带给人愉悦和内心的平静，同时这里也拥有人们最珍视的独立。 现实中的节制与奢侈，从古至今一直存在着较量着，人们看到的样子就是现实的样子，一切如常。

书籍，一生的情人

量力而行，为我们指出了为人做事的方向。 把自己的愿望引向轻松易得、与自己的天性和能力最接近的东西，算是对自己真正的好，少去了很多的自我折磨。

友情如此。 交往时感觉没有负担，不必考虑得体与修养，轻松、坦率、善意，仿佛是另一个自己，这样的感觉可能凤毛麟角，但一定是存在的。 人们倾心追寻的，一定在某处存在，至于在什么地方，我不清楚。

爱情与如此。 爱情的好毋庸置疑，但是人们应该特别注意视觉和触觉的价值，这种看法本身似乎太过实际，但是如果缺乏美好的肉体和容貌，纵有神圣高洁的心灵也很难派上用场。 因为心灵关乎心智，在高处；而容貌和体貌，看得见摸得着，显而易见。

人们总是倾向于接受表象，听风就是雨，被表象牵着鼻子走，乐此不疲。

心灵之约，由于寡见鲜有，令人心生惆怅；肉体之交，由于岁月销蚀而日渐凋零。 而与书籍的交往，不仅安全可靠，慰藉着孤傲多思的岁月，消除烦乱闲愁，还随时带来新奇，拿得起放得下，心安理得，不必关照情绪。

书籍是关乎一生的情人，还在于高度自主的选择，书籍从来不会自己出来烦人，不喜欢的根本无法走进书房，更不用说那些恼人的自我推介和烦扰了。

当然，和其他任何事物一样，和书籍也不能缠绵太久，等等。

周末翻旧书

　　某些作者具备特别的本领：把原本晦涩难懂的作品变得更加晦涩难懂，让人们在闲暇时仍然绷起神经，或者专注时分散精力，或者消暑，或者驱寒。 这样的作品一定出于某些"专家"之手，特别是当代正在名望的征途上跋涉的"专家"。

　　旧书，传承下来的经典，在各个时代都散发着迷人的气息，因为人性到处都一样，优点雷同，缺点相似，每个时代的人们说了又说，只有经典旧作讲得最到位，切中人心、骨髓，每个时代的读者都高度认同，而那些伟大的作者却是无意为之，没有想那么多。 他们站在人生的高点俯视人生，立言传世也许仅仅是希望后人得到启发：活得更好！

　　显然，所有的后人都误解了先人的本意，经典被反复解读，仅仅成为某些人赖以生存的衣食父母，而真正的思想却永远像个摆设，安放在某个不起眼的角落。 那些作品喧宾夺主地出现在各种场合，如流行病传播，很快很得手。

　　这不得不说是每个时代都比较遗憾的现实。 令人欣慰的是：就像流行病很快过去，应时肤浅之作也会很快销声匿迹，那些传世的伟大作品，虽然默默无闻却经久传世，为这个世界带来长盛不衰的思想恩泽，指引着时代精英，有节制地生活。

追随和被追随

在公共场合沉思，多多少少给人矫情的感觉。不过，人只要活着，各种感觉都会存在，虽然理解的角度各异，这也是生的趣味之一。

被多数人追随，是某些人的梦想，不管是出于认同还是虚荣，或者某种形式的强权，追随和被追随，这种愿望普遍存在。特别是通信和网络无限发达，普通民众追随和被追随的愿望被充分调动起来，无以复加，直至达到匪夷所思的程度。

不追随别人，很难做到，特别是面对不可抗拒的自然和不确定事件时，一定程度的依赖、依靠或者信仰，鼓舞和鼓励着生存的信心。还有，还有非常重要的一点：看到这个世界上存在着和自己相近相似的人，难免产生惺惺相惜之感，甚至近如亲人之感油然而生。如此的好感觉，怎能放弃？当然，除了感谢上天的眷顾，还能做什么？还能说什么？

感觉好到如此，不打扰、不追随还是需要境界的，如同休谟和斯密的友谊，尽管互相非常欣赏，还是保持各自独立，有爱有敬，仍然是需要恪守的境界，虽然这个境界对人的要求太高！

如果我们理解世界上所有的高处，都是困难不易的，便可以安然以对了。是这样吗？多数时候是这样的。

美德存在于何处？

美德存在于何处？

在经过对古今道德问题，进行带有敬意的粗略调查之后，斯密倾向于斯多葛派的观点，认为美德存在于"谨慎"之中。

《道德情操论》试图去解释的，并不是行为对错的原因，而是在一个没有外界权威的世界中，我们如何感受到行为的对错。它并非想为人类寻求亘古不变的是非判断准则，而是想讨论在特定的时候，如何形成判断。

这个思考不断挑战着思想的极限，一切形成判断的因素，几乎都被考虑到了，不同时代的人们存在着巨大的分歧，但斯密的观点让人们达成共识：无论一个人多么自私，他的天赋中总是明显地存在着这样一些本性，这些本性使他关心人类的命运，把别人的幸福看成是自己的事情。

在斯密看来，人们总是首先判断他人道德与否，然后再判断自己的行为。当人们设身处地，通过"同感"去体验他人的感受时，才能想象出富翁和成功人士的快乐，追随他们引领的时尚，才能为超出本能的抱负而努力奋斗，并接受社会等级的划分。

设身处地与感同身受，或者换位思考，合乎时宜的存在与表达，是否部分地构成斯密的谨慎呢？

秋分时节，翻翻斯密的书，不仅可以平复喧嚣，也许更有助于心情换季。

亚当·斯密公正的旁观者

在世俗误解和自我错觉之间，有一个神秘的判断者，斯密称作"公正的旁观者"。 斯密庄重而善良地认为：有某种更崇高的力量让我们能更客观地审视自己，情感是否合宜和正确，应该由"公正的旁观者"决定。

在对斯密著作时断时续地阅读中，有些发现令人感动：斯密的乐观和善良以及良好的教养，给谨慎和美德罩上一层温柔和宽容的光环，掩盖了某些现实和真实，但是读者却并不忍心责怪这个品德高尚、作风严谨的苏格兰人。

传记作家们时常把斯密形容为忧郁多疑、性格孤僻，但是斯密最显著的性格特征是对社会底层最穷苦人民生活的关注。经济学家托马斯·马尔萨斯曾不太客气地指出斯密不该把"国家的财富"与"社会底层人们的幸福"混为一谈。 如果人们真正阅读了斯密，却会坚定不移地站在斯密一边。

也许斯密的迷人之处正在于此：斯密的两部著作均堪称完美，完全配得上这个世界比较夸张的那个词：伟大。 同时，留给读者的思考也很多。 斯密在 1789 年完成的《道德情操论》最后一版修订稿讲道：一个拥有高尚情操和社会道德的人，要尊重社会上已有的势力和特权，国家因有如此格局才秩序井然。

那些浪漫主义的商人

文化，文化是人类精神在日常生活中的具体体现。 不管怎样，任何时代的人，都承载着文化的衣钵，即使野蛮，也可以理解为文化的暂时退场。

但是，只有文化凝聚成某种代表性的艺术形式时，文化才被固定下来。 那些不同表现形式的艺术品，不仅是见证世界历史的实物，也表达着不同时代的人类精神。 俄罗斯风景画家描绘深邃浓郁的森林，流淌的河流以及不同阶层的男人和女人，是生活在那一片土地上人们的世代感受，无论怎样的改朝换代，都不会改变基本风貌。

而生活中的盆盆罐罐呢？ 这个有趣的问题可以在临街的店铺找到答案。

那些浪漫主义的商人，或者对自由贸易充满热爱的小店主，不知道他们是否熟知斯密，但他们热切而诚恳的贸易热情，把世界各地奇异纷呈的物品集聚起来，带给人们身心愉悦，激发人们热忱地生活。

人们也许无意识地发现，一个自由的自我徜徉在生的海洋中，主观上的自由与客观上的创新联姻，达到了高度的统一。

装修工人的
谦谦君子之风！

谦谦君子之风，朴实腼腆自然，合乎圣道！

君子之风作为一个要求严格的行为，像这个世界任何好品质一样，没有标准，只有感觉，触动心灵的感觉。 装修的工人完全符合君子之风，明确的分工以及娴熟的技巧，即使工装染上了灰尘，工作时的专注和投入，也会给人洁净自然之感。

尽管这个世界被无数的理论包围，若是没有具体的行动，理论不过是书斋里苟且偷生之辈混饭吃的工具。 北京这个大城市，如果离开了小店主以及砖瓦泥沙匠，还有不计其数的劳动者，会是怎样？

还有什么不满意？ 应该满意了，那些做着最具体也最容易被忽略的工作的人们，没有时间抱怨，如斯密所言：他们承载着全天下人的生计，无暇他顾。

合乎圣道？ 是的，合乎圣道！

市场及其
市场主义者

市场，既神秘莫测又遵循某种规律。

我们不知道：谁深谙市场主义精髓。 只是发现：无论成功还是不成功，市场竞争者们都在承受压力，成功者的压力更大，因为保持成功如同守住基业，竞争以及侵蚀无孔不入，就连最成功的人也必须为生存而奋斗。

卷入市场主义大潮，与市场朝夕相处，市场主义者取得空前胜利，夜以继日，为市场奔忙。 这个时代出现的网络购物，繁华与忙碌，热闹非凡，人们空前投入，甚至对待情人，都没有如此持续地倾心竭力。 当然网络购物带来的乐趣一定超越了情人，否则怎么会出现"双11"，这个具有时代特色和绝对首要意味的词汇！

人们具有各种不同的价值观，各种价值观也可能相互冲突，但在市场认同这件事上，高度趋同。 在那些狂热的市场主义者眼中，世间万物什么都不如市场好。 从东方到西方，从南到北，市场主义价值观从来没有被怀疑过。 那些倾毕生之力著书立说、胸怀济世抱负的思想家、哲学家或者政治家，均没有市场追随者众。

但是，社会价值和市场价值之间，道德和超道德之间，谁在掌控着奇妙的平衡？ "公正的旁观者"想要决断什么？ 是发展吗？ 是科学发展吗？ 疑问太多，会影响睡眠！

斯密的小店主之国
放在今天也不过时

斯密的小店主之国，放在今天也不过时。

普遍的人性以及普遍的感受，超越时空！ 仰望楼层之上，阳光普照，清澈无边；俯瞰芸芸众生，奔波于衣食住行，辗转反侧于名和利。

卖蓝莓干店主的叮嘱语重心长：这是贵重的东西，要拿好；胡萝卜店主质朴殷勤，乐天知命的微笑令人感动。 斯密说过：这些劳动的人们承载着天下人的生计。 斯密更像一个社会主义者，关注民生，质朴亲切。 斯密也许被那些书斋中的学者们误读了，人们更是误解了斯密，如果能够耐下心来，看看《道德情操论》，人们也许会发现：斯密的理论和现实是多么接近，斯密的伟大人格为何不朽！

天空清澈无边，阳光的暖意和人们的好意，让这个世界充满温馨的味道。

　　斯密也许没有想到：他的"小店主之国"是这个世界上最长盛不衰的贸易国度，虽然国度这个词用在此处不是很适宜，如果和这个世界上太多的不适宜比起来，这个词用在此处是最适宜的。"小店主之国"不仅关系到小店主的生计，更关系到每个人的早餐、午餐及晚餐，是涉及每顿饭的事情。中国的古代圣贤认为"民以食为天"，天大的事即是国事，小店主之国很不简单！

　　这个世界上很多重要的事被严重忽略，伟大的斯密却给予了它们充分的关注。斯密没有把自己的真知灼见变成各种复杂费解的公式符号，也没有处心积虑地把经济学搞得高不可攀，或者搞成显学，脱离现实的生活。无疑，随着社会的发展，世界各地的小店主之国有着千百种形态，让人欢喜难忘的是：菜市场组成的小店主之国仅仅涉及日常所用：包括各种新鲜蔬菜的味道、水果的味道，还有任何可以和食物联系起来的味道，强力地吸引着人们汇聚。

　　和喧嚣的小店主之国相比，居于同一位置的银行网点受到冷落。人们熟视无睹地从银行门前穿梭，忙于一手交钱一手交货。在菜市场门前开银行有点儿一厢情愿，像这个世界上任何一厢情愿的事情一样，自以为是还是他以为是，很值得深入探讨。当然不探讨就行动也是选择，就像单恋或者自恋，完全靠自我支撑起来的感觉，也是存在，和其他存在一起构筑着这个世界的千百种姿态。

阅读亚当·斯密
诞生的联想

贸易：在通信和交通的助力下，贸易以超人的想象飞速发展着，人们的想象力也前所未有地得到发挥，看看那些千奇百怪的物品以及匪夷所思的设计，全世界的盘子、杯子以及各类物品疯狂地聚集。 人们怎么需要那么多，或者人们根本不需要那么多，但是他们满世界游走，安然有序地存在着，等待着同样具有千奇百怪思想的购买者买下，然后去到某个房子的某个房间，静默存在，如同跨越千山万水的男女的激情相见，然后平静厮守。

金融：金融助力贸易，但是金融也似乎孤立凸然地存在着，如以股票或者债券，或者信托、保险、基金等形式，仿佛和实体贸易不搭界。 是的，在各自独立的市场上，犹如单身男女，按照自己的轨迹疯狂生长，秉性不同，性质划一，基本上是关乎金钱的一些事。

生产：生产这个词汇本身和劳动相关，而和劳动相关的一切事基本都可以与效率和品质关联。 有些遗憾的是，生产这个词和产品一样出生太早，基本不是现代人的兴奋点。 从事生产，不管是农业生产还是工业生产，都需要贸易和金融的助力，那些产品才能以各种方式来到人们面前。 贸易和金融学术上都叫中介，就像传统民间的媒婆，在可能相爱的男女之间充当桥梁，并且往往喧宾夺主。

情感高于理性——翻阅斯密

梧桐道，遍地树叶！ 人们不遗余力地讴歌春华秋实，硕果充盈，但遍地树叶也是事实，怎样的感觉呢？ 犹如喧嚣之后的沉寂！

翻阅亚当·斯密，翻阅贸易及贸易的发展轨迹。

贸易，这个世界上最现实的存在，推动着历史的发展，改变着世界的面貌，改善着人们的生活。 尽管历史已相当悠久，仍在变化，了不起的变化，一代又一代的人们，享受着贸易带来的福祉，也感受着贸易带来的冲击！ 亚当·斯密没有论述过贸易的冲击，在被斯密论述的各种问题中，都渗透着斯密无处不在的道德情操，斯密总是站在高处审视人类的行为，有时冷静得不近人情，有时却是那么善良而悲悯。 而这一切，并不会让人感觉有什么不妥。

斯密认为：财富不过是"过眼云烟"，然而，人类之所以得以延续却是建立在对财富的追求之上的。 对于财富和高贵的尊重，帮助社会建立了等级观念，同时也维护了社会的尊卑从属关系。 总之，大多数人能很容易地看到富有与尊重，却难以看出美德中隐性的、不确定的差别。 社区的形成，并不是以感情和义务为纽带的，而是通过在约定俗成的价值标准上，进行各种形式的利益交换而形成的。

斯密认为：尽管富人们一心追求安逸的生活，但由于货币和自由商业的作用，他们不得不与穷人共享他们的财富。

善良的斯密认为：就人类生活的真正幸福而言，穷人们所拥有的毫不逊色于那些似乎凌驾于他们之上的人。 "就身体的舒适和思想的平静而言，生活中所有阶层的人群，几乎都处

于同一个水平。 国王们浴血奋战得到的，正是大路边晒太阳
的乞丐们已经拥有的那份安全。"

情感高于理性，真实的亚当·斯密如此地耐人寻味，慰藉
着这个世界，一代又一代。 阅读斯密，需要时间。 梧桐道，
落叶遍地。

孔子不知 老之将至

勤学不倦是成就任何事业的基础，即使学习亦如此。

孔子"发愤忘食，乐以忘忧，不知老之将至云尔"。 用
功读书达到了忘记吃饭的境界，陶醉在学问里，忘记了忧愁，
甚至不知道衰老要到来，真是忘我！

孔子的学问传承了两千年，学问滋养身心，也创造了无数
就业机会。 只要怀揣孔子的学问，传道授业解惑，就能混饭
吃，真是不得了！ 没有哪个人如此持久地受到欢迎，历朝历
代不知被批倒了多少次，多少次又被推崇到高点，无人企及的
高点，思想的高点。

经世致用的学问，没有比孔子的《论语》更切用的了。

读读孔子，读读《论语》，无论早晨还是傍晚，无论深思
还是消遣，即使达不到发愤忘食，至少也可以忘记老之将至，
另外的愉悦就不必说了。

人生在世，忘记一两件不应该记住的事，总是好的。 至
于是怎样的好，要多好有多好，只有忘记了才知道！

孔子在乎衰老，主张活有章法！

孔子还是在乎衰老的，但是主张越活越有章法。

孔子说：四十而不惑，五十知天命，六十而顺，七十从心所欲不逾矩。 顺序而为，越活越有章法。 其实，孔子还是和常人一样对衰老心存疑惧的。

子曰："甚 矣，吾 衰 也，久 矣。 吾 不 复 梦 见 周公。"——我很衰老了啊，好久好久没有没有梦见周公了。孔子对衰老的理解就是不再做梦了，没有梦的世界就是衰老的世界。 有梦想就年轻至少是人生的盛年，还有未来。

但是孔子也有对衰老的化解之道。

叶公问孔子于子路，子路不对。 子曰："女奚不曰：其为人也，发愤忘食，乐以忘忧，不知老之将至尔。"叶公向子路问到孔子，子路没回答。 孔子说："你为什么不说：他的为人啊，发愤时竟忘了吃饭；快乐时，便忘记忧愁；简直连衰老就会到来也不知道，如此而已。"

其实呢，根本没忘掉，只是转移了注意力，或者采取了章法有度地活着而已。 其实已经不简单，很不简单了！

每日的点点滴滴，只要被记起，就不会忘记，包括睡前吃一块水果糖，带着甜味入梦！

好读者 好作品还需要

由于人生的局限，文学有意无意地丰富着人们的生活，特别是那些经典文学作品，几乎总是在陈述"人生和世界到底是怎么一回事？"《红楼梦》，这部诞生于清代的作品，可以作为实例。

无意对这部大作进行评价，横看成岭侧成峰，远近高低各不同。

《红楼梦》意义非凡，曹雪芹把庸常小事描述得意境非凡，远非一次能够读懂，可以终生阅读。任何时代都读出新意，考验着作者和读者的耐力，宛若一场忠贞不渝的恋爱，他们思考和践行了什么，值得探究。

好作品还需要好读者，否则就是浪费和糟蹋。经典总是被少数人阅读，也是经典的幸事，否则就是糟蹋了。

大致翻了几篇评论，写出这等文章，除了误己害人，别无他用。如果看问题失去了常理，所谓的观点和见解就是胡言乱语，貌似高深，其实却是高深的反面：浅薄。

酒壮豪情，烟却让人变得冷静。相生相克，总是矛盾的，在矛盾中沉思、前行，充满愉悦和魅力，包括那些令人发笑的观点和见解。

暑热读老子：治大国若烹小鲜？

　　治大国若烹小鲜：治理大国就像煎小鱼一样，如果你老去翻腾它，那个小鱼就翻坏了，翻烂了，所以不能老去折腾老百姓。 老子的"自然无为"、"少私寡欲"就认为治理国家应该让老百姓安居乐业，休养生息，少一点自私自利之心，少一点欲望，"为无为，则无不治"，用无为的办法来治理国家，那就无不治，就能把国家治理好。

　　暑热持续，知了声声，翻了一页书，又翻了一页书，到处都是疑问，空间仿佛都飘浮着疑问的气息。 时代变迁，岁月更迭，世代承袭的文化也在潜移默化地变化着，那些看起来美妙、令人心驰神往的时代，究竟是个什么样子，没有人见过。

　　那个时代治理国家难，当代治理国家也容易不到哪去。人们总是对政府提出要求和责难，却没有认真想过政府也是由人组成的。 政府的宽宏大度体现在从来没有公开谴责过自己的人民，只是不断施政，或者偶尔不作为或用人失当乱作为。

　　社会发展到今天，老子的论道有道理，但是如何应用成为问题。 其实，也不仅仅是老子的道德如何应用，就是孔子的儒道如何应用也是问题，还有其他诸子以及西方的诸子百家等等。

　　先哲们没有料到：信息技术空前发展，交通便利以及全球化给这个世界带来的巨大变化。 人们像幽灵一样满世界游走，世界空前一体，附着于土地的人们上天入地，畅游世界，欲望被空前激化，质朴正遭到前所未有的腐化，不可计数的老百姓在民主平等的大旗下，新期待越来越多。 "民主政体应该避免两种极端，就是不平等的精神和平等的精神。"

如何解决或者如何平衡？ 平衡，到处存在着平衡，而如何平衡却是这个世界永远存在的难题。

孔子的创新观：苟日新，日日新，又日新

孔子的创新观：苟日新，日日新，又日新。

孔子"述而不作"，是有选择的，通俗地可以理解为择其要者而作，即抓主要问题、关键问题。 具体到孔子的"作"就是：把过去的典章制度按照所处时代的需要给予创造性地整理、诠释甚至发挥。 "苟日新，日日新，又日新"体现的就是孔子的创新思想，用当下比较流行的术语就是：与时俱进，在不断变换的外部环境和内部变革中，因时因地制宜。

儒家文化的千年不衰，也许就是"苟日新，日日新，又日新"绵延不断的结果。

金融街的早晨，新的一天开始了。 在"苟日新，日日新，又日新"循环中创造着属于这片天空的故事，在历史烟尘中寻求永驻。

迷人的提升过程

人生之初最美的相识，《红楼梦》作过最好的描述，互相打量、似曾相识，新奇相惜，这个世界最原初、最自然的状态。 和我们一样的人是怎样生活的？ 怎样共谋生活？ 怎样被生活改变？

人们创造着生的千百种姿态，循环往复，从来认真，偶尔无奈。 这样的认真不独为人所有，所有的生物都顽强不息，根植大地积极向上。 积极向上是那个神秘的主宰对世界的安排，如同春夏秋冬，如同日夜轮回，是这个世界的常态。

如果真的理解了，充耳不闻，视而不见即是常态，而真正的现实却刚好相反，人们没完没了地追求、不知疲倦地疑问，甚至连那个神秘的主宰都会厌烦，看看雾霭沉沉的天色，一副阴沉不悦的样子。

认识一些，再认识一些，迷人的提升过程！

比认识更迷人的是烟草。 抽了两支烟，烟草的味道可以改变不悦，也许不悦更加深重了。 抽烟不是好习惯，自我检讨却积习不改也是本性之一吧？ 毫无疑问！

孟德斯鸠人民的本性就是感情用事

孟德斯鸠在《论法的精神》中曾概括道：人民的本性就是感情用事。 当下，可能没有人敢如此不太客气地数落人民了，尽管人民这个词指向虚幻、抽象，却越来越得到不尽的殷勤。 而现实是需要对这个抽象化的人民具体化后进行教育，持续不断的教育。

看看现实生活中具体的人：漫不经心以及精神涣散，听风就是雨的习性以及盲目地跟风与抱怨，尽管这个时代应该是历史上最好的时代之一，某些人却怀着莫名的焦虑，对房产以及墓地的占有和追逐就是明证，几乎令人瞠目。 土地，土地，恋土地和空间之癖，甚至超越了情感，这也许是这个时代最令人迷惑的现象。

人们总是责怪政府调控不当，在人民感情用事的洪流面前，政府也无能为力。

不经意的时刻以及鬼使神差般的相遇

在浩如烟海的资料面前，研究任何一个问题，都足以耗尽人们的精力。

幸好，随着研究的深入，我们会不经意地发现：尽管资料遍地都是，如果掌握驾轻就熟的方法，从部分猜到整体，窥一斑而见全豹，不仅是非常容易的事，而且也能坚定我们继续研究下去的决心，树立自信。

但是，我们还是需要某种不经意时刻的到来。

在资料的海洋中，翻到对我们研究非常重要的半页纸，或者匿藏在某篇纸张中重要的论断，确实需要某种鬼使神差般的巧遇，如同恋人的相见，偶然的一瞥，随即改变了事件的进程。文学书籍经常用惊鸿一瞥来形容，自然有它的道理。

不管怎样，坚持不懈和前后一致的工作以及不畏艰难险阻的勇气，还是发挥了基础作用。对于希望不断丰富自己内心世界的人来说，深入研究某些问题，精读某些经典，在个性中寻找共性，举一反三是唯一的选择。因为，时间总是宝贵和有限的。

人们的关系及其态度

经济独立与精神自由的当代社会，人们的关系及其态度：

契约关系：从人性的角度出发，如果承认情感是人的灵魂，契约关系无疑是扼杀人性最无情的绳索。它忽视情感或者置情感于边缘，把人们固定在法律或义务的框架内，责任明确，条理清晰，冰冷而理性。幸好，人们并不完全遵从它，经常摇摆于情与理之间。组织和个人，男人和女人，是契约关系最主要的承载者，他们从中受益又受限，无法两全。

不确定，亲密又疏离。 无论有无期限，契约关系在固化某种关系的同时，也在动摇或瓦解着人们的依赖感。 人身依赖是与生俱来的人性之一，犹如人对土地的情感，依赖、依存与拥有恒久不变。 而人们之间的关系却远远达不到这种恒定。

人们在组织中为某个目标共同努力，离开这个组织就变得陌生，在某一点上接触，在其他点上则相距甚远。 经常联系却不存在真正的结合，如同未曾白头偕老的陌路夫妻。

为此，人们的态度千差万别，但有一点是共同的，当不确定成为人们内心普遍的忧虑时，极端的情绪也许就会常态化。

经济的发展为人们提供了充足的物质，而人们的精神却准备不足，被滋生的各种欲望冲击，犹如仓皇的花狸鼠，四处破坏，又四处寻求庇护。 所谓的大师盛行、奢靡享乐以及各种招摇和展示，无非是既无自信又无信仰的折腾罢了。

扔了一些书，又扔了一些书

扔了一些书，又扔了一些书！

某些书籍对人的误导和侵害，甚至比人更严重。 某些书不知不觉中侵蚀着人们的思想，把偏见和谬误输送到人们的头脑中。 如果接触的是人，总会在行动中觉察不端的蛛丝马迹，而书却会隐藏得深，令人失察而误读偏信。 等到觉察，人生也许过去很多年，只好将错就错，甚至比婚姻更误人。

师长总是劝学，领导们也是诲人不倦。 但是，读书终究还是要选择的，就像这个世界上的任何事：选择，择其善者而从之，多看有所教益、积极向上的好书，防止生命虚度，或者枉度，或者成为他人思想的跑马场，都是值得深思和借鉴的。

扔掉一些书，又扔掉一些，心安理得！

第一流作家的精神特征

一个也许流于世俗却犀利有趣的认识：

第一流作家的精神特征：独立而直接，他们产生的作品是自己思索的结果，他们的作品在任何场合都是第一流的。 在精神领域中，如同直属于帝国的诸侯，或者干脆就是自己的君王，其他作家只是站在陪臣的位置。

在精神王国，真正思索的人等于一国的君王，具有至高无上的权威，他的话如同君王的圣谕，本身就是权威——君王不接受他人的命令，也不认识其他的权威。 反之，局守于世俗流行诸种意见的凡俗作家，人云亦云，像秋天被风吹拂的枝桠，左右摇摆，不知所然！

有些人每每爱引用权威者的词句，取代自己贫乏的理解和见识，并以引用为荣，仿佛取得莫大的组织靠山，既无思考又无判断力，为自己找到权威的护身符，也算是自己站在权威者一边，好像自己也变成了权威。

文明及其轨迹

文明是人类对其本性中野蛮性的征服，使彼此不会互相伤害。 人类在感情上最容易伤害对方，因此要对感情加以控制。

但是，控制是如此艰难，在感情控制的征程中，人类坚持不懈地采取各种措施，包括运用武力、道德和法律。 但是武力也许会强化感情，特别是强化仇恨，仇恨在人类的情感中非常激烈而且根深蒂固；其次是道德，道德需要耐心和潜移默化，但是人们都知道：道德的作用非常有限，在一些非常重大的问题上，超道德发挥着简单而直接的作用；再次是法律，但是法律的约束和惩罚也是有边界的。

因此，文明的轨迹曲折而漫长，在历史的各个阶段都表现得非同寻常。把感情和文明扯起来，就像预测变幻无常的天气，起风之前并无先兆，风起云扬之后只有接受，无须询问任何理由！

现代人变得如圣哲般超脱，不问原因，只去感受。文明及其轨迹尽管多变，多数人并不关注，仿佛那只安卧于湖水中央的水鸟，静观周边波澜四起，安享淡泊宁静！

观晋陆机《平复帖》

晋陆机（262～303年）《平复帖》，现藏于北京故宫博物院。理解距今1700多年的文字及其胸臆，需要的不仅仅想象力。损伤及变得浓重沧桑的纸面，还有无法辨识的文字，简洁却令人遐思的文字，激动和启发了多少代？多少人？见证了多少故事？多少传奇？仅就"平复"二字，蕴含的世间苦难远远超越了一张纸和几行字。《平复帖》当然是国宝，传承了千年的《平复帖》，适合任何时代，还有任何人。

"自躯体之恙也，思识梦之迈甚，执所恒与君。"这样的文字和解释是其中之一。躯体之恙与心灵之疾，都是不适，小妨大碍之类的人间疾难，需要平复，需要时时刻刻平复，包括不能将某种眼泪归咎于魔鬼辣椒，更不能归咎于雾霾烟尘。1700年前的晋人已经懂得平复，据传晋是一个"乱"与超脱难解的时代，而从"平复"二字判断，也许这个词是针对那个时代最好的寄托和表达，对今人亦是吧？ 对周末亦是？

伤感和悲天悯人，一杯酒一支烟不能消解。 "思识梦之迈甚，执所恒与君。"这样的诗文太多愁善感，而多愁善感是人的天性，都进化这么多年了，还没有多少进步。 也许这样的情感根本就不需要进步，只需积蓄，直到浓重再浓重，等待平复。

偶然翻到一页书

偶然翻到一页书，犹如偶然遇到一个人，或者进入新奇的宅院，是新鲜也是新奇，虽然新鲜和新奇并不是生活的全部。好在人们并不在意生活的全部，而是在细碎的生活中感受着生，每天知道一些，又忘掉一些，感到时间不够用。

那个神秘的主宰淡然安排着一切，缓慢地让他的孩子们知道一些，再知道一些，一次只赐予那么多。 于是人们勤奋努力，不懈努力，甚至某个在高处御览天下的帝王，向天发出再借500年的企望，留住更多的光阴，直到懂得？

我们懂得了什么？ 酒精加剧了悲悯，烟草缓释悲悯，或浓或淡的茶让悲悯来来去去。 刘震云曾肯定地说：我不追求幽默，我追求见识。 他的《一九四二》是21世纪最震撼的见识之一，虽然无论印成小说还是拍成电影，都观者寥寥。 某个时刻我好像读懂了，更多时刻还是遗忘，有意无意的遗忘。偶然翻到一页书，合上却不舍。 这页书带来的思考如下：

第一，本能，但本能可以沉睡，也可以迸发；

第二，情感，情感可以沉睡，也可以迸发；

第三，本能＋情感是品质；

第四，情感＋本能是高品质；

第五，情感 + 本能 + 精神汇聚灵魂。

对于庸常之人，达到第三种即"本能 + 情感"就很好了，是中庸吗？ 比上不足比下有余可以如此理解吗？ 深夜不能确定。

三点思考

政体，虽然是涉及每个国民的事，但往往是少数人的事。民众关心最多的是具体生活，改朝换代，百姓依然故我。 从这个层面上看，改朝换代易，改变人性难。 老百姓要么对政体漠不关心，要么断章取义，治国理政之难，即使共和之后亦充满曲折。

第一，地域广差异大。 中国幅员广阔，各地风情民俗各不相同，政策传导走调基本是个可以确定的事实。 秦始皇帝统一了语言，却没有统一音调，中华大地众生讲话理解起来比听外国话还难，再加上文化风俗各异，行政命令失实失真也可以料想。

第二，人性沉疴积弊非一日积累。 人之陋习沉疴也不是新一代人所有，历久存焉。 政体制度落实到具体的人身上，千奇百样不足为怪。 抽象的立法以及体制机制清晰了然，根植到实际的土壤就会结出不同果实。 从这个意义上讲，大一统的思想怎么都不过分，因为根本不可能实现，即使专制王权，触及不到、解决不了的问题依然存在。

第三，理想信念确立难，坚守不易。 人，作为自然人和社会人之间的界限很分明也很模糊。 作为自然人，首先要考虑自身生存；作为社会人又要对社会尽责，在两者之间人们更倾向于前者。 作为自然人，人们还有更多的考虑，如生命有限及时行乐，思想境界方面的追求确实很好，但更喜欢切实的感官享受等等，这是通常的教育做不到的，至于怎样做到，千古难题。

政体的好与坏，总是相对的，总结三点为止。

身不由己却也坚持着

作家，既是时代的表述者也是时代的感受者。同时，他们还是时代的旁观者，穿越不同时空，记录或升华现实，不在现场却把现场留住，深刻地留住，让某个时期历史长河的浪花更加夺目，供后人借鉴，供后人参考，人们怎样的生？又怎样的离去？

莫言在某个场合说：人生处处有尴尬。作家的天性的确不支持太过喧嚣的现场，作家不是表演艺术家，写作很个体，必须在沉寂中完成，如同孕育孩子，两个人发起一个人孕育，而且需要比发起更长的时间和等待。作家一定要有非同寻常的个性，如作家帕慕克参加社科院的研讨会，讲了 10 分钟便抽身而去，并且表示"没有理由坐下听你们一群人讲我的是是非非"。

而莫言不会，莫言的个性表现为无个性。莫言获奖后参加各种会议，参加各种会议成为莫言的责任。通常情况下，名望太大的人基本都要承担更多的责任。很多时候担个虚名的背后很可能养活一批人，是不是也是尽社会责任？这个问题不是作家考虑的问题，经济学家或许说得清，但目前的经济学家更喜欢喧嚣的现实，潜心研究是比较寂寞的事情，未必能及莫言前期持之以恒地创作。理解莫言所言人生处处有尴尬，也就顺便理解了莫言是个传统文化感很强的人，身不由己却也坚持着。 这就是莫言，沉稳、深邃、亲和、质朴的莫言，对西方了解但更东方，不是不知道而是莫言。

哪个作家不被争议？ 哪个人不被质疑？ 人们在分歧和妥协中感受着生。 以笔为生的作家们也许有着更加自制的人生自觉：独立思考、独立创作，记录生的征程，记录时代的声音。

大国人民一直生活在『大』中

大国人民一直生活在"大"中，这个大不是一般的"大"，是从来就有的大。 深入大国国民的骨髓，湮没了所有的小，这也可以部分解释我们这个民族如此注重关系，人们通过关系联系起来，犹如联盟，抗拒着谁也无法抗拒的大。

首先，家及大家。 这个常挂在口边的词汇，在传统春节感悟最深。 春节，是血缘关系的大洗礼。 平时渺无联系的各种内戚外戚，不知从什么地方冒出来，互拜互访，热闹非凡。 希望了解清楚是困难的事，不妨从名著中寻找端倪。

地球上国家众多，只有我们中国人写出了《红楼梦》，而且这部书要从小读，才容易弄清楚人物关系，年龄渐长回味，不同阶层的人都能读出滋味。 还有《水浒》，还有《三国演义》，还有《西游记》。 这些书人物众多，关系复杂，从小阅读，在"大"和"多"中训练，强化着国人的思维，各得其所，各得其乐，各取其精，都受到教益。 即便是《西游记》中的妖魔鬼怪都很精彩，坏的有分量，有中国特色。 本人就很喜欢牛魔王，从小到大。

其次，大国需要类似君王的统御。 民主当然是个好东西，但是面对如此众多的大，没有高度的集中就会莫衷一是，就会众说纷纭，什么事都干不成。 看看历史上伟大的成就都是高度集中统一的结果。 凡事利弊参半，不可能仅是好。 如果无论怎样都是好，一定是偏见，而偏见除了用在异性相爱这件事上，其他方面一概避免，否则大乱。 当然，驾驭大国需要忘我的济世情怀的"大"。

最后，关于大的境界。 大国人对大的钟爱几乎到了痴迷的程度。 凡是独立于世的建筑无不彰显着大气魄。 但是回归到具体的思想则是另一番大景象，如大智若愚，智慧大到看上去好像愚笨，只有生存在大国的智者们才能深悟并践行。 至于大音希生、大象无形、大彻大悟等等，生活在大国的人们修炼一辈子，也许略知一二足矣。

自大，不是一个褒义词，但就其本身来说，代表着某种程度的自信，没有自我封闭的小以及无可置疑的自我肯定，很难做到。 无人封大而自大之，也许是大国寡民渴望出人头地，自我肯定的无奈之举。 怎奈，太大了！（《平凡的世界》片尾曲音乐充满忧伤的长叹，是生命的长绵不绝的祈祷？ 还是顽强不息的颂歌？）

记录时代精神：把话说好很重要

人，世间最需要沟通的动物。 沟通迫使语言发展，甚至发展到语气语调都能表现不同的态度，反过来，又给沟通带来更多的困难，甚至是难以修补的分歧。

人们不停地发表着生的见解和主张，不停地说了又说，变成文字，变成图片，变成影像，穷其一生表达着生的种种感受，没完没了，一代又一代。 而当代人对生的感受似乎更加强烈。 除了主流思想，次流思想以及不入流的思想更加活跃。 即使说话，要想说的有分量，也不是件容易的事。

作家刘震云认为有四种话是有力量的：一种是朴实的话；一种是真实的话；一种是知心的话；还有一种是(与众)不同的话。从作家的角度看，要写一本书，肯定是有不同的话要说，而不是有相同的话要说，相同的话真正成废话了。 而真正的现实是：大多数人每天被各种废话包围，甚至一年也听不到一句像样的话！

但这实在怪不得谁，更不能责怪时代。

我们都是被时空束缚的人，即使渴望超脱，又能超脱到哪里？ 作家，作为强力沟通者：人们被简单重复的事件麻木甚至钝化了的感觉，一经提醒，顿开茅塞。 具有时代特色的作家一定会有这样的力量和能力，虽然他们的生活本身不是时代的代表，但是他们的作品不仅是时代的感受和记录者，也一定提醒着同时代的人，如何生以及如何感受。

沟通，如果说这个世界存在良好沟通方式的话，把话说好很重要！

略论文人相轻

文人相轻与相惜，不单是文人，只要有人的地方都存在，仅仅程度深浅而已，原因大致如下：

首先是偏见。 人类的偏见由来已久，虽然交流互鉴是交往的最高形式，也是最理想的形式，但交流互斥也是经常存在的，并且更普遍更通常。 每个日常生活中的人都能够理解，只是没有深思背后的原因——偏见。 如果偏见和私心联姻，就更加灾难深重了，好在人们并不怎么在意，一日三餐的琐琐碎碎，足以消弭各种偏见，尽管偏见还是顽强地以各种形态出现，在各种有人的地方制造事端，文人事更多。

其次是权利。 如同国家，使用武力扩大边界彰显的是权力，是统御。 作为个体的人也没有自甘平庸，想要的是权利，有句广告词很直接"我的地盘我做主"，自我做主的心态就是权利。 现实生活关于权利有千百种解释，行政权力划分得比较分明，按秩序遵守并无多大歧义。 文人就不同了，一本书比另一本书好？ 实在是非常主观的。 文人的地位也不太好论座次，文人地位的决定基础就是几本书，不像金钱、武力那样容易确定，甚至不如艺人让身体说话脱颖而出。 所以文人只好相轻互贱，捍卫自己。

最后是地位。 在经济繁荣的时代，不繁荣的时代也一样，人们对待当代文化的态度总是暧昧不清。 人们总是对遥远的事物倾心，要么过去，要么将来，唯独对生活的当下忽略淡然，带着少有的批评态度。 很少有人清醒地看到时代的偏见与麻木，文人自身更是被自己带有偏见的作品缠绕，以为几本书就可以把生命的本质看透，局限在自己的一亩三分地。

还有吗？ 还有，不一而足！

心无旁骛、专心致志地生活

读史是件很有趣的事。 放下现实翻阅历史，为当下寻找依据或借鉴，有根有据地活着，既是对历史的膜拜，也在表明对当下生活郑重的态度？ 这样的认识怎样呢，想到了就接受，太多的疑问可以放下。

按照传统的说法，我们的历史书，有正史、别史、杂史、小史等各种各样的史书。 把历史了解清楚，几乎是不可承载的重负，就像拥有财富只是少数人的事，历史只要少数人了解即可。《二十四史》就是为少数人准备的，虽然是一个民族绵延不绝的历史，也仅仅属于少数人，书店书橱可以为证。但是《二十四史》从来没有被忽略，重要的少数和不重要的多数，无论从哪方面论证，《二十四史》都可以成为当然的例子。

翻看正史犹如拜见正襟危坐的人，那种特别的味道不见得令人愉悦。人们更喜欢形象生动甚至流俗的表达，因此，野史比正史流传更广。野史的优点在于每个人都可以根据自己的判断理解，人之常情之类的传说总是唤起同情心，至于理解不了的可以任意曲解误解等等。历史和现实结合，衍生出各种意想不到、堪与不堪的新故事，也属正常，也属正常吧？

存在的就是合理的。生活在当下，不被历史所困，不被未来所扰，忽略盛衰，忘掉变化，心无旁骛，专心致志地生活，还有什么比如此更值得提倡？

众生潦草成就伟人

牛顿发现了任何两个物体都被彼此吸引。物体的质量越大，万有引力越强。当两个物体远离时，它们之间的吸引力变弱，但永不减少到零。爱因斯坦以其几乎无法理解的精密，解释了自然本身的对称，仿佛是那个神秘主宰不容置疑的安排。

没有读过牛顿，只潦草记得牛顿的万有引力定律；读爱因斯坦几乎是不可能，虽然他的相对论几乎尽人皆知。虽然人们的生活永远离不开物理，但是现实中人们更喜欢谈论人间冷暖、儿女情长。哪个更有用？也许都有用，但都没怎么认真对待，或许也不需要太过认真，粗枝大叶略知一二的理解并不妨碍应用，而千差万别的理解及其应用，塑造了世间千姿百态的生活。

众生潦草成就伟人，伟人如人间的阳光普照众生，我们需要伟大是对自己庸常生活的否定，信任伟大则是芸芸众生对自己的奖赏。当今时代，牛顿和爱因斯坦的发明已经不算是新奇的发明了，但仍旧排在伟大发明之列，甚至将永远盘踞着伟大的位置。原因很简单：它是简单而普遍的规律，普惠众生。

"必须如此吗？必须如此。"

艰难着也快乐着，生生不息！

《平凡的世界》涉及土地问题、情感问题、宗族问题，还有其他各种次要问题。两大村落之间的打架事件，非常热闹也非常草率、盲目，类似平凡世界发生的任何不平凡事件。

土地作为稀缺资源对农民重要，其实对城市的人更重要，土地对所有人都很重要。人们依附土地，争夺土地，每天行走其上，幻想据为己有，挥洒青春和热血，艰难着也快乐着，生生不息！

人民代表大会要解决的问题，基本是关乎人的生存问题，所以也离不开土地及其所有权的问题，归根结底还是人的问题，而由人派生出的问题太过复杂，看看中华大地不同区域代表的服饰及其口音，也能理解一二。

世世代代，人们力图寻找生的普遍意义，理想国或者大同世界。但是世界依然故我地存在着。一直在探索，一直在追寻，坚持不懈，苦乐其中，一代又一代！

平凡世界里不平凡的种种事例，昭示着社会的进步以及治理之艰难。 看看人们的新期望，再看看日新月异地新追求，一直在进步，停一停也是为进步准备，比较流行的词汇是转型，微观上也叫作调整。 是这样吗？ 一定是这样。

私人谈话的价值永远无可取代

任何入迷都是一种自恋，绝对的自恋就是自爱，自我爱恋达到一定程度，比如到敝帚自珍的程度，一定是达到某种境界了！

一个同事很形象地解释道：把破扫帚当作自己的宝贝一样，就是敝帚自珍。 这个解释配上当时的表情，让一个粗狂的形体有了无尽的纤柔，表现及其表现力让一个人变得灵动。

这就是沟通交流中私人谈话带来的魅力。

人们获取信息和知识的途径有千百种，私人谈话的价值永远无可取代。 人们不惜翻山越岭去见某个人，漂洋过海去听某门课，无论是倾听还是探讨，同时还裹挟着情感和心理感觉。 当一种交流由情而生，由感觉驱动，一切都会活跃起来。

这不就是生的乐趣及其形态吗？ 当然，如果我们反对一个人，还是不见面的好。 见面也无妨，拳脚相加也需要面对才可实施。 相对于电视、手机以及任何电子设备，面对面永远令人心仪。

私人谈话永远是人的基本交流方式。 让我们见个面吧，这句通常的话反映的基本诉求，千年不变。

关于庸俗的价值观

某个经济学家在评论约翰罗时，使用了庸俗这个词，看到这样的评价，忍不住笑了。

这个世界哪件事不沾染庸俗的味道，人类追求高尚不就是渴望脱离庸俗吗？ 在拥挤的现实世界，庸俗和高尚并存，高尚偶尔露面，庸俗时常缠身。

对庸俗的厌弃，说明追求尚在。 即使那些庸俗缠身不可救药的人，也对高尚充满敬意，这个世界的人和事，心意是一回事，能否做到又是另一回事，不必苛求，大可不必苛求。

约翰罗发现了信用的效用，一张纸可以作为价值的尺度，又何必使用沉甸甸的贵金属呢？ 如果这也叫作庸俗，我看庸俗这个词倒不那么令人生厌。 真正令人生厌的是滥用，包括货币的滥用以及任何一项人类发明的被滥用，凡事利弊参半，所以需要节制制约，克制相伴。 而在这一点上，人性永远是输家，输给了自己！

无中生有，梦醒梦醉，时间悄然而过！

记录时代特色：自由只具有相对价值

歌德说过，自由是一种奇怪的东西。 的确，自由是一种很奇怪的东西。 每个人都有足够的自由，只要知足。 多余的自由有什么用？ 如果我们不会用它。 这个时代的人们显然是自由充裕，人们不仅涉足地球的各个角落，对这个世界上的任何事都评头品足，发表着连自己也不甚清楚的言论，信誓旦旦，似是而非。

无论哪个时代，人性中比较高尚的品质如对家乡的热爱，对亲情的维护，对职责的坚守、对祖国的忠诚都不应该改变，唯有这些不变的存在，人性中才有坚守和依托，才有追求和归宿。 这个看不见的热爱和忠诚是魂魄也是根基，如果魂魄和根基松动，就会飘浮无依，遭受没完没了的奴役，自由反而成了藩篱。

那些风尘仆仆的旅人还有那些不知疲倦的投机者，让这个世界离自由的身心越来越远，却自以为越来越自由。 某种程度的恪尽职守以及安分守己也许是最大的自由，总得有个尺度，总得有些约束，自由才能彰显其价值。 自由和这个世界的任何事情一样，只具有相对价值。

感悟艺术

令人心醉的传统戏剧

令人心醉的传统戏剧，千年传承，美的令人心醉！

貌若天仙的女人们在台上飘忽婀娜，缓慢悠扬的步伐，优美得无以复加，表达着世俗世界的美好，仿佛虚幻的仙境，这就是戏曲艺术的魅力，看过了，就不能忘记。

世俗的生活千变万化，不可能全部完美地体现，而戏剧作为一种表达生活的艺术形式，比诗歌发展得更为完美，尽管历史上唐诗宋词风光无限。当代，戏曲的形式远远超越了诗歌，也许是比较全面地表达了人们对完美生活的期待，央视的戏曲频道把这种转瞬即逝的艺术形式做到随时展现，瞬间成为永恒，变成现实。戏剧提升了生活，或者提升了生活的期待，成为较高的艺术表达形式，优雅而节制，仿佛更为进化的人类。

戏剧诗歌及其建筑

　　人们渴望通过各种形式表达自己的意愿，艺术风格便应运而生。

　　戏剧：我们人类的内心深处天生就有一种需要戏剧的本能。芸芸众生，作为阶段性存在的鲜活的个体，终难摆脱最终化作烟尘的命运，需要有一个强大的、与命运抗争和搏斗的英雄形象，激励人们在尘世奋发进取，或者表达理想生活的诗情画意。虽然在市场化后的社会形态下，戏剧最终逐渐沦落为一种生意，却仍然承载着传承文化、表达人类各种强烈愿望的职责。

　　诗歌：长久以来，诗歌直接披露着不同时代人们对伟大、珍贵、情感、庄严以及恐怖的不同感受。诗歌证明了一个民族以自己特有的形式看待自己，描写自己的愿望和能力。亚里士多德说过：与历史相比，诗歌更具有哲学的和更深刻的特点。诗歌在我们认识人的本质方面做出了更大的贡献，诗歌是缘于内心深处最纯真的、最美好的情愫，无须掩饰和装潢，表达着最原初的情感。在中国的唐宋时代以及欧洲的中世纪，抒情诗是那些见多识广的贵族阶层表述生活的文学形式。而当下，诗歌已沉沦于世俗的喧嚣，难觅踪迹。

　　建筑：建筑是一个民族、一个时代精神内涵的外在表现形式，如果想了解一个时代的精神风貌，观察建筑完全可以清楚地了解时代特征。某些时代庄重而神圣，无论是皇家宫殿、私人别墅还是乡野民居，都体现着某个时代的品行和精神风貌。那些脱离正常审美的光怪陆离之作，反映的是某些建筑决策者思想空洞而混乱，既异于常理，又偏离常规，反衬那些经过历史检验的历史建筑更加宏伟庄重，令人敬仰。

诗歌之感

诗歌是这个世界最美的华彩。

诗人或者艺术家，通过特定的形式，把内心深处或恒久或转瞬即逝的感受表现出来，并赋予高尚的意义。那种莫名其妙的特性，如同春天等待绽放的蓓蕾，凛然而娇艳，令人生怜，令人生爱，令人诞生无限的遐思甚至感觉到无限的愉悦与幸福。

让这个世界展现一幅美好的画卷，带给人以幸福和美好，抵御庸常生活的琐琐碎碎，是任何时代人们的共同期望。诗人和艺术家，把内心深处的感受表达出来，激发人们的追求和想象，让生活充满使人向上的美好情趣，是他们的职责，神圣而神秘的职责！

那些优美的诗歌，即使在深夜，也会焕发神奇的异彩，令人心醉神迷！

深陷其中：柴可夫斯基
第六悲怆交响曲

人们为生活而奔忙，而所有生活中的欢乐转瞬即逝！

节奏如此快速，深深的不安，深深的焦虑，如同读书太多的教条主义者的生活状态，既为生活奔波又心怀济世之忧！投入那么深，却又那么痛，心痛！

鲜明的节奏，传达着苦恼、不安和焦躁，无与伦比！

伸向远方的平静柔美，在不安中徘徊！人们，人们在幻想他们的命运吗，还是在沉静中妥协，或者沉思，那么舒缓，舒缓而忧伤，昏暗而低迷，仿佛躲在角落的祈祷！

欢快，是的，人们又记起了什么？如此忘我而欢快，甚至急躁，犹如狂欢，然后，然后又回到从前，沉郁哀伤，悲怆凄怨，甚至绝望。 伟大的柴可夫斯基称之为：悲怆，深不可测的悲怆！ ——死亡是绝对的、无可避免！

曲终，意未尽！

艺术？ 艺术是现实生活的暂时离场，是升华了的现实生活。

遗憾的是，人们深陷现实的繁华锦簇或者柴米油盐之中，对艺术的要求已经不高，或者很低，只要娱乐就好。 或者如德国那个哲学家黑格尔所言：艺术只是精神在低级阶段上的再现，宗教和哲学都在艺术之上。 其实，宗教和哲学也经常退场，在市场主义盛行的现代社会，一切以价值衡量，艺术为人服务，不在其揭示多么深刻的人生本质，关键在于是否有用，而娱乐是艺术最大的用处，也是艺术最大的悲哀。

如果人们放松心情，认真感悟无限的时间以及生命的限度，艺术会为生活带来更加瑰丽的色彩。 叔本华对艺术的定义更纯粹：艺术是没有利益关切的愉悦。 艺术即生活，而不是生活的装饰和休闲，人们在庸常的生活中获得解脱，感受天真质朴，赤诚坦荡地生活，艺术给予人们超越平凡的力量。

如果人们对此认真做过思考，精神也许更放松，不会为所谓的娱乐消耗太多的时间，但是，这几乎是人对人性的妄想。

艺术是没有利益关切的愉悦

舞蹈：理智和情感
谁是最后的胜者？

舞蹈与祈祷，身体与心灵，把静谧的夜晚带入无尽的喧嚣，生活的喧嚣！

人们沉浸在情感宣泄的海洋，既宽容又刻薄，理智和情感谁是最后的胜者？不，没有胜者，只有选择，带着情感和偏见的选择。因为，在世间万象和多样的生活面前，人们只能选择其一，人们不能同时看到路两边的风景，人们也不能同时兼得鱼和熊掌，这是"舞出我人生"的无奈，尽管那些舞者都是那么投入，都心怀梦想。

人们尽情舞蹈，展现着他们对生活的理解，多彩无限，活力无边。在灯光和布景的掩映下，一种虚幻的生活把黑夜涂上绚烂的色彩，或激昂或奔放的音乐，更把人们带入梦中之梦。我被感动了，他们真诚地生活，投入又认真。尽管岁月越走越远，而情感越来越近，舞蹈，让这个夏天的夜晚，散发着特别的味道。

浅吟低唱与声嘶力竭

歌唱，作为一门表达情感和诉求的艺术，如果我们把歌唱列入艺术形式的话，每个时代都有非常鲜明的特征。在16世纪的意大利，歌唱中只准独唱，因为单音听得最清楚，最易于欣赏和做出评判。

我们不知道那时的歌唱是浅吟低唱还是如当代，把声音提得高入云端，仿佛在声讨人生的短暂和生活的艰辛，当然，还有更加繁复的内容和情感需要表达，让人一时很难做出最恰当的评价。作为一种表现方式，歌唱者的音容笑貌以及仪态，对于加强评判的效果还是非常重要的。

经济的发达以及财富的积累，让人们有了时间和闲情阐述人生的看法，围绕情感，主要是爱情，唱了一代又一代，把人类要表达的内容反复吟唱，甚至到了无以复加的地步，但还是不能尽兴。所以，在各个时代，高歌猛进甚至怒吼都可以杂糅进歌声。而在当下，声嘶力竭成为一种时尚。打开电视，映入眼帘的不甚美好却尽心竭力的歌唱展示赛，令人心生怜悯，花费那么大的力气表达通俗的情感，无法深入骨髓就让人起鸡皮疙瘩吧，这也算是一种志向。

在诸多可以留下痕迹的时代特征中，声嘶力竭展示的也许是一种无奈，当人们无力抗衡时代洪流时，逃避和抗争都是反抗，消极的和积极的都是对时代洪流的回应。

其实，人们忘记了，能够自由地宣泄本身已经证明：这个时代不是如歌唱的那般无奈，而是前所未有的好！人们痛苦，只因无法摆脱自身欲望的藩篱。

某些感觉，与生俱来！

某些感觉，是与生俱来的认识。真正的诗人生来就对世界有认识，无须有很多经验和感性接触就可以进行描绘，如果在现实得到验证，更加证明了感觉的确实无误，当然，也可能变得了无趣味！

一定是新奇和幻觉发挥了作用！

诗歌和文学作品不可能是一个精益求精的工匠所为，因为这里渗透了太多的个人情感和伟大情愫，单凭修炼也许只能让感觉变得敏锐，但强烈的感受力和充沛的激情却是与生俱来的。当我们满怀感情阅读这些作品时，仿佛置身其中，和作者一样感受着最纯真的快乐和幸福，时间如同被花香侵染的帷幕，瑰丽神奇。

过程和结果？ 过程和结果都不存在了，只有存在，美的真切的存在！

看看那些把艺术创作只当作工作的人，无论是文学作品还是画家，仅仅是工作，除了考虑工作中赚取多少钱之外，什么也不想，有了这种世俗的目标和倾向，就决不能产生什么伟大的作品。 宝贝说得好：情感为作品注入了魂魄！

世俗生活及其艺术

艺术，这个世界上最令人琢磨不透的事物，不像衣食住行，如影随形地被需要。 虽然艺术摆脱不了世俗的羁绊，但艺术最终还是以超越世俗的命运让自己存在了下去，并且和精神秘密结合，成为尘世中的永恒，让自身散发神奇的异彩，供后人敬仰、膜拜，在时间的长河中长盛不衰！

当然，这不是艺术的本意，但却是艺术的命运，如诗歌，如画卷，如种种传世精华，我们称之为艺术，当之无愧！

看了一幅画，又看了一幅画。 震撼与感动，爱与惜，惊与叹！

生活在世俗世界的人们，需要表达，诗意地表达或者悲怆地表达，或者其他。 不管是出于本意还是意外，有意无意之间，成就着艺术，丰富着现实生活，这也是人们生生不息、努力追求的境界，化蛹成蝶，塑造非凡。

世俗的生活？ 世俗成就着非凡，艺术仅仅是个结果。

故宫博物院
《清明上河图》

　　《清明上河图》无疑是传世瑰宝。　人间世俗繁华的生活，任何时代都是人们表达的内容，反反复复！　那些人间常见和罕见的景色，山水人物，通过画卷不遗余力地美化着生活，其中既有市井百姓的生活之梦，也有统治者倡导发扬的乾坤之梦。　清代乾隆皇帝主持御用宫廷画家创作的《清明上河图》，比原作人物更多，场面更大，更绚丽辉煌。

　　艺术，反映着特定时代的思想风貌，也无意中记录着历史。　不管人们承认不承认，艺术犹如人们的思想衣裳，总是不自觉地泄露着人们的思想。　过往时代的人们在各种宗教和文化的熏陶下，头脑和理智还保持着清醒和冷静，不像当代人被各种信息轰炸，昏头昏脑，由各种投机者引导，千奇百怪的概念登堂入室，产生了那么多匪夷所思的产品，并冠以艺术的名号。　而这些离艺术，差远了。

　　知识的积累需要充足、安静的时间，如同孕育，如同秘密的生殖。　知识为艺术效力发生在某个神秘的瞬间，但是一定要积累到能力充足才行，接下来就是漫长的诞生过程，清静而安静，等待骤然的喧嚣。　《清明上河图》表现的是市井繁华，带给人们的感受却是一片安逸祥和，世间真实的生活。这也许是千百年来传承的原因之一，也是帝王们追求的理想。

故宫『石别拉』

遍布紫禁城门内外石台阶上的栏杆整齐划一，无论从哪个方向看，都是那么整齐，也许一个稳定的基业或者一个安全的帝国至少在感觉上要让人感到靠得住，虽然靠得住仅仅是一种愿望和感觉。

把愿望变成现实一定要有靠得住的手段。 武装武器或者禁卫军之类这些威慑力尽人皆知，紫禁城栏杆柱顶上的"石别拉"经常被忽略。 栏杆个别处的花头形雕刻，底部石球托着顶端打穿的小孔，形态端庄优美，其实充当着警报器的功用。

据说每当遇到外敌入侵、战事警报或是火灾，守兵用口吹石球小孔，石球震荡会发出类似螺声的警报声，迅即传遍整个紫禁城。 知道如何使用的人仅限于旗人或内廷侍卫，被忽略也属正常。 就像这个世界上的很多要事，隐藏在诸多凡事琐事中，谋划者根本没想让人知道。

紫禁城的军机办公地点和皇宫大殿比起来，低矮平淡，给人无限联想。 至于怎样的联想，心情淡漠的时刻可以到紫禁城散步，凹凸不平的地面足以激发想象，至于放眼望去天高云阔激发的另一种想象，也只能在现场感受。

精美艺术是无法效仿的

　　"精美艺术是无法效仿的，因为它们本身无足够的规律和规则可遵循，迄今为止，系统阐述这些规律和规则的做法带有很大的局限性和片面性，不断遭到思想、情感和习俗的冲刷而消亡殆尽。"

　　一个教条主义者看到这样的概括可能遭受打击，但真正的打击是教条主义者永远行走在亦步亦趋的条条框框内，他不知道什么是现实，什么是活的力量，甚至不知道情归何处，永远陷于既有的程式之内，甚至不知道什么是冒险，当然也就谈不到勇气。 教条既无法承载大千世界的风云突变，也不能应对现实生活的飞短流长。

　　即使烟草对健康有千百种危害，但是喜欢烟草的人都知道烟草的迷人之处，凝神聚气、汇聚精神，让思想在烟圈的迷幻中飞扬汇聚，激发着想象力和激情，焕发不一样的神采。 同样的道理适用于读书。 读书不等于知识，即使知识也有优劣之别，适时适用内化于心，犹如随身携带的智力武器，随时为它的拥有者效力，而不是变成教条主义者或者书呆子，给世界平添烦乱。

　　如此，理解精美艺术无法仿效这个重要结论也许就不那么难了。 当然，困惑还是有的，现代技术也许正在打破艺术的地位，越来越多的模仿可以让千百种模样整齐划一，无数艺术珍品以及其他传奇被拷贝复制。 好在，深匿于艺术珍品中的魂魄以及气质无法复制，就像我们无法复制战争中谋篇布局、指挥若定的将军。 独一无二总是存在的，就像爱上一个人，那么特别，不能取代。

略论模仿的艺术

　　模仿，也许是某种天才的发挥，如果我们对天才要求不那么苛刻的话。

　　看看现实世界的种种形态，也许我们应该对模仿重新评价。 一幅描绘地毯的画比地毯本身更珍贵，这是为什么？ 赝品有时到了不能公布身份的地步，又是为什么？

　　人们对美的追求和判断，掺杂了多少世俗情感的成分？世俗的情感又怎样影响着人们的审美？

　　人们对感官享受的追求无止无休，而独创又是如此稀缺。在某种程度上，模仿是对创新不足的有效补充。 看看他人是怎么做的，如果模仿得不留痕迹就变成了创新。

　　是否部分地解释了地毯画卷的价值超越地毯本身了呢？也许吧，似是而非。

范曾画作印象很凛冽

　　凛冽，不太经常的感觉，每时每刻存在着，或者静默沉睡，或者肃穆威严。 看范曾先生的画作，凛冽的感觉油然而生。

　　生之千百种姿态，凛冽之感蕴含着壮烈，属于诸般感觉中比较崇高的层次，虽不常有，但触发了一定很难忘。 盛世无饱腹之近忧，却有未来之远虑。 各种艺术形式，不仅表达着生的千百种姿态，更传递着时代的风骨精神，激起人们心中的崇高，升华着思想和境界。

　　范曾的画，既现实又超脱，随着岁月积淀越发完美，其中蕴含的凛冽气质，展现着一个民族绵延向上的魂魄，精神蕴含其中又超脱具体之外，变成每个人的一部分，变成中华文化的一部分。

不要对范曾先生过去的生活指指点点了，这个时代诞生这样的艺术家，是时代的幸运，也是时代的光荣。

是一分为二还是一分为三？

一分为二还是一分为三？

西方文化主张"主客二分"的思维方式。 乐黛云老师有过详细的论述。 问题是运用抽象的规律解释世界，清晰是足够清晰了，却把各种特殊性以及具体性湮没在抽象的规律面前，往往变成僵化的教条。 当然，与解决复杂的多样性和特殊性比起来，僵化的教条更简单、更实用，教条主义在各个社会形态都存在，可见其生存的土壤相当肥沃。

中国的传统文化主张"一分为三"。 八卦由三画组成演化无穷。 老子说"一生二，二生三，三生万物，万物负阴而抱阳，冲气以为和。"三这个数字有着某种恒定的力量，也代表着某种新生的力量，如"太极元气，函三而一"，当两种原不相干的事物相遇，而构成"场域"，就产生了不同原来的第三个东西。 多么美妙的新生力量，众生芸芸遵循的都是这个规律，但是我们的祖先并没有用规律教化下一代，而是宽容大度地总结道：万物并育而不相害，道并行而不相悖。

万物轮回，周而复始，顺其自然，天人合一，世间最优美的和谐相处之道，无论知道的早晚，知道了就是进步。 看了中西方文化思维对比，略有感悟：二分法适用于管理；三分法更适用于领导。 没有自恃中国文化为大的意思，只是略作思考，社会如果真的要进步，也许需要碰撞出更适合未来的人类思想。

在思想进步的道路上，永远崎岖坎坷，艰辛无比，挑战着人类思考的极限。

原创，应该发自内心

在什么条件下，一个人不必在乎别人用他的东西，不必把自己的想法和主意置于自己的名下，也不必争论谁先想到了那个主意，谁先说出了那句话？ 富有和超脱，或者非常富有和非常超脱！ 富有和超脱也许是原创的前提，没有太多的顾虑和负担，是原创的必备条件！

但是原创如此折磨着现代人的神经。 天赋、才情以及源于内心的渴望本来就是稀缺的，上帝不希望他的孩子们每个都出类拔萃，他希望挑重担的少数和追随的多数，他希望芸芸众生过好每天的生活，而非人皆圣贤，现实中的人们也没有要求红花少年样样红。 但是，人们需要原创，在所有的领域，人们现在到处讲究原创，简直成了瘟疫。

原创应当像疲惫的人需要刺激一样发自内心。 但是，有些遗憾的是，无论我们怎样渴望发展与突破，都不能超越前人的藩篱。 先人在各个领域都为我们确立了一套行之有效的模式，尽管存在缺陷，还是非常切用。 就像国家的形态，虽然历史上各种革命在每个时代都发生，但革命过后，又恢复常态，无论是组织机构还是生活态度，大抵还是那个样子——人们生活的本来样子。

原创是人类自由精神的自然流露，人们把自己的观察与感受表达出来，出于不可抑制的激情，而非东拼西凑的自我折磨。 原创不是追名逐利，也不会在繁文缛节上消耗自己。 一个人必须具备原创性，但是原创却不是通过刻意追求而能够获得的。

文化，无意中泄露着拥有者的秘密

我们把精神本能地发展的总和称为文化。

文化无意中泄露着拥有者的秘密，也许文化本身没什么好掩饰的。 文化本是一种无意识的积累，深入骨髓。 我们看不到植物的生长，我们也感觉不到自己的变化，仿佛那个神秘主宰不经意的安排，理所当然地存在着，直到某个时刻，文化开始彰显自己的力量。

在物质与精神合谋发展的历史长河中，人类总是不知疲倦地前行，探寻着、提升着自身的文化，尽管从来没有坦途。人类用手创造的能力和用心感受的能力相辅相成，并且互为促进。 人世间所有的创造都凝聚着文化。 当然，文化也不可避免地使精美与粗陋共存，也许下面这句话可以比较温和地概括这个观点：

在人类所有一切不是被迫，而是出于自愿并且满怀热情进行的物质创造过程中，总会有精神活动相伴，尽管这种精神活动在数量和程度上有时会非常有限，或者自己可能也根本意识不到。

但是，如果能够自觉意识到呢？

人的精神一旦意识到它自己以后，它就会以自己为中心创造一个新的世界！ 多么精彩，又是多么充满诱惑！ 在特定的时间内有选择地作为，最终和时间共存，文化及其文化的力量超越了生命的限度。 至此，也许我们可以理解追求二字的全部意义。

如果时间有痕

　　如果时间有痕，一定是那些精力充沛的人物留下的印迹，尽管他们太忙了，在有限的生命里成就太多，甚至略显潦草。但是他们在一些关键的领域超越芸芸众生，在艰难险阻中为时代树碑立传。

　　首先是文化。 这个深入骨髓的文化究竟是什么？ 随着认识的深化更加难以概括了。 每个时代都有一些主流的认识，成就着特定时代的人，成就着他们的作为，这是不是文化呢？文化没有强权，但文化却潜移默化地影响着那些时代先锋，朝着某个方向前行，直到形成自己的特色。

　　其次是信仰。 我们不要误解信仰，也不要把信仰看得高不可攀。 对于跋涉在生之征途上的众生，某些小目标可能比大信仰更切中实际，填饱肚子与混口饭吃，都是信仰，我们承认信仰与信仰之间存在差距，也许就不那么愤世嫉俗了，甚至可以做到心怀悲悯接受某些不堪。 但是，为时代作出贡献的人们一定坚信着某种信仰，至死不渝，这也正是时代的优异之处。

　　最后，其实任何其他因素都可以放在第三点，比如经济、政治、经济和政治联姻、情感插足、理智插手等等，合纵连横，令人类社会万般丰富多彩，无法穷尽。 "少则得，多则惑"，还是先人精炼，就此为止。

那些致力于表演和表现的艺术家们

那些合乎大自然美德法则的人类成就，都是近乎神圣的东西，包括建筑，包括艺术品，也包括经典书籍等等，成为人们认识这个世界最直观的感受，散发着世世代代一脉相承的精神气质。

尽管如此，我们还是要感谢那些致力于表演和表现的艺术家们，如舞蹈、如演艺，虽然技术的发展可以通过影像储存反复观看，但是艺术家们的劳动是"随生随灭"的，这种储存客观是好事，对个人来说就不见得是绝对的好了，甚至有那么一种好景不再的冷漠滋味，就像落叶遍地的钓鱼台，或者秋雨淅沥的梧桐道。

亚当·斯密漫不经心地写道：一位将军可以在今年保卫国家的安全，但是今年的安全买不到明年的安全。 这个观点被后来无数的经济学家发挥，被现实中的贸易商利用，更成为经济社会普通民众离不开的忧虑，特别是在经济普遍的发展之后。

经济发展以及社会福利的普遍提高，并没有消弭人们的不安全感，斯密是怎样解释的？ 当代人又是怎样认识的？

经济学解释不了的问题，政治也同样无能为力。 虽然政治和经济是一体的，经济和政治合谋解决更重要的问题，至于生活的远忧近虑，怎么诞生的就怎么消弭吧。 或者找信仰帮忙，或者向道德致敬，或者索性学习舞蹈艺术家舞台上下自我旋转，自得其乐，自得其所。 只要合乎自然，只要浑然天成。

哲学浅思

发展是认识的深化

关于精神劳动的认识，在浩如烟海的世界中，认识也一定很繁杂。 无奈，人类生存的世界存在太久了，对世界认识的多样性足以挑战人们的想象力。

坚定认识：保持一个恒定的认识并不断深化，也许是开辟精神新境界的唯一途径。 犹如政治家的坚定信念，无论如何不能游移不定，更不能无端消耗精神，特别是不能让小说和报纸分散精神，因为时间是宝贵和有限的。

深化认识。 从认识到理解到上升至某种高度，既需要想象力，也需要坚持不懈的探询。 春种秋收总是需要时间的，果实也基本是时间的结果。

升华认识。 如同鬼使神差般的相见，认识的新境界如同顿悟，是认识积累到特定阶段的产物。

新认识、新见解、新观念，让世界处在不断发展中，历史的本质在于变化，而发展是变化的推动器。 什么是发展？ 发展是认识的深化、能量的积聚以及形成新的不平等地位。

我们的存在纯属偶然

我们的存在纯属偶然，是激情的产物。 如果我们有理性，一定是忏悔的结果，我们无法为上一代人忏悔，我们只能为自己不适当的激情忏悔，但是这仅仅表明：某个时刻，我们是存在理智的。

我们从虚无中产生，我们的出现纯属偶然，我们却为偶然的自己认真地活着，因为认真，生命才有意义。 这个意义在于：我们渴望发现自己存在的价值，包括自我肯定、他人的褒扬、获取利益以及种种不必存在却总是占据上风的荣誉、虚荣等看不见的感觉，在大多数时候，那些感觉很良好。 还有一点就是：当下人们特别热衷于建房子、买房子、鼓捣房子。

生命，总体来说为本能控制，并且将长期肆无忌惮，为了个体繁殖，为了种族延续！ 生命的增强或延续需要本能，始终居于首要地位，这是生命的总目标。 精神、意识、心灵，随时准备向本能妥协，它们甚至密谋为本能效力！

大千世界，芸芸众生，谁放弃了本能？ 人类身上的兽性，整体看，始终居于高度重要的地位，不过是像其他绝对机密一样，一直秘而不宣罢了。 那些洞察了先机的人们，是伟大的心灵安慰者，他们对某些事避而不谈，他们对某些事佯装不见，他们谦恭自制，为他人谋求福祉。

所有令人景仰的事物都与高大有关

所有令人景仰的事物都与高大有关。

那些静默庄重的楼宇宫殿，宽阔的便道，人们行走其中，如果孤独地行走其中，仿佛身居高处的寂寞，肃然无语。 所有高处的东西都是寂寞的，所有非同寻常的感觉都源自寂寞。所有的力量都在寂寞和沉寂中孕育，就像安详眯起眼睛的狮子，谁也不敢忽视它凶猛的力量。 人们在努力追求"大"。"大"满足着人们与生俱来的天性和妄想，任谁也改变不了。

海口鸿洲埃德瑞皇家园林酒店，确实满足着人们对"大"的追求，如果要做的大而有当，还得付出相当的努力。 也许，体现"大"不仅需要努力，更需要天分。 至于皇家园林，如果见过皇家园林的话，就知道皇家园林这几个字不是那么轻易做到的。

自由意味着彻底的孤独，或者孤独意味着彻底的自由

自由意味着彻底的孤独。

自由是一种自由的意识，深存于人们的内心，人们渴望它，也在摆脱它，人们天性中的依赖以及取悦同类的欲望几乎和渴望自由的欲望一样多。

人们被生束缚，也许是生的快乐太多，也许是苦中有乐，也可能是苦即是甜，仿佛匪夷所思的爱情，只有不平等和受奴役才能激起强烈的情感。 不平等是催化剂，激发着人们追寻与发展，感受那种痛与愉悦。

自由是孤独吗？ 是的。

自由是活力吗？ 是的。

　　自由，和任何相对存在的事物一样，只具有相对的意义。
那种彻底的自由如同死亡，仿佛任何一个沉寂时刻，只是少数
人感受它的愉悦，庸常的人只能日复一日凑在一起，挑起各种
事端，在事件中度日，在纷争中生活，在喧嚣中虚度光阴。
因为，庸常的心境无法承载自由的气息，如同死亡的气息。
　　孤独意味着彻底的自由，是少数人的事情。

阶段性与相对重要！

　　阶段性与相对重要！
　　我们都是阶段性的产物，不管我们多么爱与惜，珍重与忽
略。转瞬即逝的时间不仅锤炼着人们的耐力，也在摧残着人
们心中关于恒久的妄想，尽管那曾是生命之初最瑰丽的梦和
期待！
　　没有什么是恒久的，虽然恒久如此值得期待；没有什么是
最重要的，虽然我们为了所谓的重要选择又放弃。人们对需
要和满足的期待，以及似是而非的幸福感，无渭消耗着时间和
精力，仿佛随意挥霍的钱财，不是值不值的问题，而是不管怎
样，都必须而为，无论怎样都要发生，任谁也阻止不了。
　　虽然，我们知道所谓的幸福不过是痛苦的偶尔缺席。我
们，还是锲而不舍、不言放弃，活着，即感受，所谓的阶段性
和相对重要，不过是我们人生盛年对自己的一点儿自知之明而
已，无他。

言简意赅是伟大精神的象征！

言简意赅是伟大精神的象征，相反，渺小精神的特征则是空话连篇。

遗憾的是：这个世界的大多数时刻被渺小精神统御着，不仅空话连篇，还有不计其数的套话、假话、废话。在这个真实的人间，人们说了又说，反复说、不断说，即使惹是生非、即使触怒天颜，也不肯闭嘴。喋喋不休畅行于这个喧嚣的人间，也许只因为：人们太热爱这个浮华的尘世，表达着生的种种理由，纷纷表达，不甘人后！

岂止言简意赅是伟大精神的象征，如果能够沉默，简直就是无与伦比的高贵品质。

几个重要问题

趋势很重要：掌握了趋势，等于方向正确。方向正确，措施得当，离达到目标或者人们通常要达到的效果应该不会有太大的差异，否则，方向不对，跑得越快，离目标越远。另外没有明确的目标，经常变换方向，也是非常可怕的。犹如快速路上行驶的车辆，必须朝着道路指引的方向跑，根本不能存在假设。

位置很重要：位置决定看问题的角度，决定视野和方向。很多事情看不清楚，很可能是因为位置使然。一句俗语很糙也很精辟：屁股决定脑袋。但是有两点遗憾很难解决：在某些位置看到了更多风景的人，以及在某些位置根本什么也没看到的人。这也许是那个神秘主宰不经意的安排，任怎样也奈何不得，只能顺其自然。

　　感觉很重要：人生终究是一场感觉。 而感觉是非常主观的东西，尽管某些哲学家们不停地强调意志，但是意志还是战胜不了肉身之躯，不知道有多少饱学之士和英雄豪杰，最后向命运妥协，屈从于感觉和肉身之躯。 所谓的幸福也不过是某种持续或长或短的愉悦感觉而已。 和物质不同，幸福的感觉看不见摸不着，又确实存在着，真是撩人心魄，让尘世中的人们追寻不已。

　　亲情很重要：这是一种不计付出全心投入的情感，在市场主义四处渗透的生活中，亲情多少让人们感受到自远古时代人类诞生以来，亲情是维系氏族存在最了不起的情感。 当然，这一点人类不必太得意：动物世界在维护亲情方面并不比人类逊色，除了少数几个残忍的物种之外。 其实，在这点上，也没什么可纠结的，人类也存在令亲者痛的异类。

　　爱情很重要：爱情仿佛春天最绚丽的花朵，没有爱情，这个世界将暗淡无光。 但是，究竟什么是爱情，大多数人未必明白。 哲学家，特别是欧洲文艺复兴以来的单身哲学家，没有几个是公开赞美爱情的，诋毁女人的倒不少。 东方文化的圣人们也几乎不去研究这个问题。 倒是古今中外的诗人们不吝笔墨，爱情诗歌多如烟海，但是诗人一般没有稳定的情绪，那些诗作尽管千古流传，却是一时兴起之作，不能算观点，只能是感觉。 可见，爱情这类问题，连最善于倾毕生精力做研究的哲学家都回避，或者潦草下结论，了解爱情还是有相当难度的。但是，得到了某类人的肯定和赞美，爱情终归很重要。

　　重要的东西很多，生命很重要，但是人们在健康的时候几乎忘记了生命的存在，只有追求，忘我的追求，这也许是生的魅力之源！ 我写不下去了。

思考不能勉强

像所有的事情一样，思考也不能勉强。

思想和人一样，不是任何时候都可以随叫随到，总是受制于时间和空间，还有看不见的情绪。如果不高兴，也会拒绝出现，即使勉强出现，也是心不在焉的二流思想，不是思考的真正结果。

对于某种事情的思考，如同一切外在机缘与内在氛围的协调，所谓的天时地利人和，对于思考也是非常恰当的。才思泉涌完全是自然流露的结果，虽然这结果早已匿藏在头脑中的某个地方，不到适当的时机，是不肯轻易出现的。犹如传说中的美人，轻易不得见，却是千真万确存在着。

即使我们有超出一般的头脑，也不是任何时候都适于思考的，利用思考以外的时间经历和阅读，相当于农人施肥、浇水、灌溉的过程，必须耐着性情。

精神和物质一样处于变化之中

精神和物质一样处于变化之中，情感发挥了怎样的作用？

在人们对世界的认识过程中，往往忽略了自身的变化，也包括忽视自身的局限。人们渴望成长、渴望进步、渴望世俗生活的功成名就，上天入地，不断突破对这个世界认识的极限。但是一回到自身，悲凉之情不免油然而生。

人们的回避是有道理的，回避情感更是一种超脱的表现。对于不能确定的问题，没有答案，只有过程，人们，为什么要探究那些无法掌控的事情？但是，人们的好奇心还是战胜了理智，也战胜了挥之不去的悲凉。尽管这个世界处于变化之中，并且一直处于变化之中，人们身处其中，还是发现和感受了巨大的乐趣，以及物质和精神相互促进过程中恒定的力量，如忍受、进取和行动。

情感发挥了怎样的作用？ 作为一种受到制约和局限的存在，情感既不同于物质也区别于精神。 情感的独特性在于作为人整体的一部分，既有浓重的个人色彩，也保持着时代的特征，即某个特定时代人们普遍接受的观念和行为方式，因此，在一些时代，即使某些正当的情感也以某种隐秘的方式存在，给后人留下巨大的谜团。

精神上的钙 『理想和信念』犹如

钙，人体必不可少的化学元素。 由于具有颇为活泼的化学活动性，广泛存在于人体的所有细胞。 现代医学已经证明：钙是许多生化过程及生理过程的触发器，参与生命进化及生命运动的全过程，甚至释放激素这类比较神秘的行动，钙也积极参与其中，对生命的影响巨大。

理想和信念犹如精神上的钙，足见理想和信念对事业的极端重要性。 当然，这也是一个比较复杂的问题，人们的价值观、世界观和生活态度受多方面的影响，最大的制约也许就是生命的限度。 或者大千世界无尽的色彩和诱惑。

是积极进取还是消极避世？ 是恪守勤俭美德还是奢华享受？ 是追求高尚还是蜷缩于小时代、舔舐曾经的心灵伤痕？决定着特定时代人们的生活品质，这个品质包括如何处理物质和精神的关系。

在人类无尽的信仰追求中，一以贯之的理想信念就像屹立不倒的树，或者坚实的房屋，不仅令人心生敬仰，也是人的精神根据地，让人们面对任何风雨劫难时，保持坚定如一的品格。 像钙一样，将活泼的个性渗透于周身，支撑起生命的硬度。

人们需要怎样的自由？

自由，这个经常被人们挂在嘴边或经常忽略到爪哇国的词汇，某些时候却如空气和水一般，值得关注。 什么是自由？人们需要怎样的自由？

大雁是自由的，翱翔于天际之间；鱼是自由的，海洋深不可测；人也是自由的，在土地山河湖泊，上天入地，探寻和实现着他们的梦想。 但是，所有这些都是受到约束的。

受到约束的自由为人们克制和追求提供了动力，甚至可以转化为积极的自由。 因为，人们可以在受限的条件下争取主动，发挥他们的想象力和创造力，创造条件实现理想。 消极自由，如果存在的话，仅仅是个人行动不受外在束缚而已。

对自由的限定可以更好地保卫自由，特别是某些公民缺乏自我管理习惯时，与其听任自由之风乱挂，倒不如尽早套上约束的纤绳。 现代社会制定了多如牛毛的规章制度，至少在束缚那些疏于自我管理的个体身上发挥了积极的作用。 毕竟人的素质是需要长期教化养成的。

基因及其突变

基因，决定一个人身份的最核心因素，怎样影响着人们的命运？ 匿藏在身体内的 23 对染色体，对人的行为发挥着怎样的作用？ 种地之余，如此的思考不仅可以令人放松休息，在疑问与好奇中，空气仿佛也变得新鲜生动了。

基因突变，如同这个世界上每天发生的组合及其创新，如同人们的接触及其影响，拥有和渗透，基因突变不仅自然而且必然。 虽然人们要接受正负两种状态对比，或者只能择其一。

为一件理所当然的事找个充足的理由，是科学家和学者们的事业，一个伟大的实践者根本不在乎那些连篇累牍的报告，他的时间献给了现实生活，即使基因都会为他改变助力。

基因及其突变，充满了迷人的趣味，又是那么深不可测。

迷信与自信

迷信是人的天性之一。

面对不确定性以及无处不在的风险，如果那个神秘的主宰暗中庇佑，岂不是自助加天助，胜券在握。 适度的迷信可以增强人们的信心，增强人们对未知事物的控制感。 虽然人们不断冒险、创新，但人们的骨子里寻求的却是安全感以及稳定，甚至是某种说不清道不明的踏实感觉。

生活中此类事件比比皆是，战争是为了和平；建筑是为了遮风蔽雨；各种便利的工具是为了生活更舒适，爱与被爱寻求寄托和慰藉；等等。 这些，都与度相关联，密切关联！ 但是往往，人们跌倒在度的权衡与把握上。

迷信过度的事就不必列举了，网络上到处都是。建筑过度浪费资源，情感过度滋生事端，特别是与这两件事相关联的房子以及派生的事端，成为这个时代的特点之一。也许更加进化的后人了解到此，也会沉默不语的。

即使在当代，某些谨慎和羞涩的人也会避而不谈，因为某些话题会妨害合乎圣道的生活。

即使是偏爱

哲学是爱的医生！爱是什么？爱是心灵在跳舞。

当身体发出疲倦的警告，厌倦卷土重来，克制调动激情上场，保持一如既往的状态、人们希望的状态、自己希望的状态。

哲学不仅是爱的医生，也是生之征程，医疗无数烦扰的导师。但是，但是我们疲倦的时候，需要的是爱，是身体与皮肤亲密的接触，是触及心灵的关爱，不是真理，不是道理，而是不那么客观却真诚自然的爱，即使是偏爱。

和教条主义打交道

关于认识论的诸多见解中，教条主义和享乐关系最密切，放弃主动思考，拿教条生搬硬套，思想僵化，墨守成规，还理直气壮，仿佛掌握世间真理。

和教条主义打交道，不是当代才发生的事，每个时代都有教条主义者。在 20 世纪 30 年代，毛泽东专门写过一篇著作，叫作《反对本本主义》，提出过一句著名的话："没有调查，就没有发言权。"

"没有调查，就没有发言权。"阐明社会调查的重要意义，以及调查的目的、对象、内容、方法和一些技术细节；揭露了教条主义的错误及其对革命事业的危害，批评红军中一部分人安于现状、迷信"本本"、不愿做实际调查的保守思想。 该文虽然与当时的时代背景联系紧密，但其实际意义远远超出时代背景，给予后人无限警示和启迪。 但是后人不是遗忘就是置若罔闻，仿佛教条主义根植于灵魂深处，屡屡陷入教条主义的泥沼，难以自拔。

教条主义和享乐主义是亲兄弟，原因是缺乏独立自主的思想，照本宣科总是轻松的，实事求是需要有自己的判断的，更需要理论联系实际。 现实和实际是丰富变化的，而调查研究又是辛苦活，不亲力亲为难得真容。 教条主义大行其道，听风就是雨，思想懈怠，是享乐主义在作祟，而且让人抓不住把柄，人云亦云，别人都那么讲了，大家都这么认为，有什么错吗？

当然有了，如果是负有一定责任的领导就是不主动作为，没有能力或者不敢担当；如果是群众就是不认真、盲从。 当然也不能责怪太多，人们安然享乐，人云亦云是阻挡不了的，只是担负责任的人要保持适当的清醒，不误人误己误事业，就好了。

自然与人，同样在拥有与被拥有的关系中挣扎

在对财产所有权的粗略观察中，一个问题不能避而不谈，就是关于拥有本身，正像这个时代一首流行歌曲所言：你拥有我，我拥有你。 这个原本特指男女情爱的歌词，可能代表着更广泛的意义，包括财产及其财产所有权，也包括人与自然。

深陷繁琐工作和被具体生活缠绕的人，没有精力连篇累牍地发表长篇大论，更没有精力研究制造一些别人看不懂的模型或者图标，几句话就能解决的问题何必绕那么大的弯子？ 除非是为了谋生，或者带来不菲的经济效益。 学问及其学识存在于常理之中。

财产的特性在于被拥有，但是财产也有驱使拥有者的特性，如财产的保值增值以及防控风险等等。 究竟拥有多少财产是合适的度呢？ 人们通常认为多多益善，几乎没有度，这比较符合普遍的人性，但是不太符合人们的需求及其能力。

以生命的限度应对无尽的财产，几乎是不能完成的任务，但是这个过程太迷人了，结果又是那么充满诱惑，没有几个人能够执迷有悟。 于是，这个世界无数的聪明人把他们的精力消耗在豺狼般的金钱、利息以及被人操纵的资本市场里。

自然与人，同样在拥有与被拥有的关系中挣扎，充满了拥有与遗弃。

人们挖掘各种矿山湖水，打破着一个又一个平静。 凡是美的地方都要留下足迹，留下妄自尊大践踏者的痕迹，也无意中践踏着那个神秘主宰的安详与宁静。 美丽的石头在大山中沉睡与打磨戴在手上有何区别？ 仅仅为了满足虚荣、炫耀以及衬托终有一别的生命？ 如果把美丽的石头作为财产，人及

人的身体是否可以量化为钞票？ 拥有到什么程度依然是不得而解的疑问。

或者发展到什么程度，依然是不得而解的疑问。

说到底还是关乎欲望与节制

在富足这样一个边际不甚清晰的表达中，找到准确的定义比较困难，就像解析幸福这个词。

但是我们仍然可以找到属于我们理解的富足。

个体的富足对于社会也许有着更清晰的解释，小到一粥一饭，大到康居无忧。 但是对于整体行进中的社会，富足却是一个指向暧昧的语汇。 我们不能从外汇储备的多寡判断一国民众的生活，因为这是两个根本不同的概念。 同样，我们也不能因为拥有了互联网，就断定社会在进步。 的确，在一个相互依存的世界中，任何一个方面的改进都会促进社会的进步，但同时也会带来新的问题。

进步有多大，产生的问题就有多多！

说到底还是关乎欲望与节制。 人类在挑战自我发展前行的轨道上行进了多久，与自身和自然的搏击就有多长。 顺其自然作为一种哲学态度存在良久，但是作为一种行为从来都被忽视，甚至长久的漠视，直到某个时日，那个神秘的主宰动雷霆之怒！

很欣赏层出不穷的观点以及论述，丰富着人们的认识，启发着人们的思想。 过往与未来，人们生活在当下，甚至人们可以忘掉过去，无尽地展望未来，但是任何未来都脱离不开衣食住行这些基本的生活，以及生老病死这些基本的常态。 这是人的智力对于人本身的无奈。

关于软实力

软实力是好，但对于那些只看重硬实力的人来说，软实力没有用处。

好的战略只有一种就是强大，非常强大，强大到不战而屈人之兵。 意志当然发挥了不可低估的作用，但是就此说意志的胜利，就是严重失误了，意志背后强大的物质力量，或者意志与物质协同，成就了强大。

发展是硬道理可以概括一切。 军事实力和经济实力成就的硬实力，才让软实力畅行无阻，行走于没有硝烟的和平时代。

软实力与硬实力互为因果。

更多时候，软实力如同空气一般存在着，没有人看见它，却重要到无时不在、无处不在，并且往往靠硬实力证明，越具体越好，具体到什么程度，看看航母可略知一二。 如果希望知道更多，就去潜心了解，直到知道足够多之后沉默无语。

野蛮的血液

在向文明行进的征程中，人类不仅开创着文明，也昭示着野蛮，野蛮从来没有从我们的本性中祛除，如果说进化了，文明了，不过是文明的外衣越来越华丽，浓妆艳抹，或者以朴素宜人的面貌出现，连我们自身也为所谓的文明进步痴迷不已，被幻觉误导，深陷自我陶醉的泥潭。 而真正的文明永远残留着野蛮的血液，时刻准备证明文明的弥足珍贵。

野蛮有什么不好吗？ 至少没有完美主义者认为的那么坏。

一支烟尚未燃尽，另一支燃起。 自然的连续仿佛奇异的循环，如果不是刻意关注的话，持续带来最大的感觉是安全感，而安全感成就着文明的日积月累。 一切都没有变。 我想，我想这个短语会给多少人带来遐思，甚至寄托。 某些时刻，野蛮时代发生的血雨腥风如同和平时代的风和日丽，都是记忆，属于特定的时代、特定的人，无法穿越。 文明与野蛮交相登场，历练着人们，世世代代，每日每年！

稳固而巨大的现实

悲观主义的基督教世纪为什么比 18 世纪还要强大，18 世纪相当于希腊悲剧时代？ 是的，任何伟大的时代都是悲剧的，虽然人们更乐于相信：理想的乐观主义统御着世界。

伟大繁荣的时代不独属于 18 世纪，就像社会的整体成就不独属于某个个体。 但是，某些特殊时代的特殊风貌确实非同寻常，就像那些非同寻常的人，总是带给我们耳目一新的感受。 无法历数的过往，成就着今天，尽管今天总是希望挣脱羁绊，开辟新天地，期待未来。

新天地是存在的，未来也是存在的。

有梦想的召唤，也有欲望河流的引领，或者人们过上美好生活的现实期待等等。 但是，如果人们某个时刻突然看到了自己，在这个震惊的时刻，一切价值可能要重估。 一个浪漫主义者也许羞于谈论价值，一个理性主义者也许过高估计价值的价值，或者还有其他。 再多的假设或者存在都不会影响现实，这个稳固而巨大的现实是：人们在时间的洪流中总得留下点儿什么，悲剧就此诞生。

悲天悯人的情怀？

悲天悯人的情怀？

悲天悯人的最后边界是：没有边界地理解任何人，这样的心灵既孤独又喧嚣，既善意又漠视，既珍惜又熟视无睹。"抛弃怜悯之心也可算作高贵的美德？"由于敬畏让理解停留在探寻之路，仿佛没有终点的路程，永远无法看到全部的风景。

这就是事实，也是最大的现实。

视而不见，充耳不闻，某些时刻，正是这些近乎伟大的自制，高尚才变得如此令人崇敬，甚至追求，唯一可以刻意以求的也许正是这种自制，虽然人们对释怀放纵也给予理解。 是悲天悯人吗？

"忘我"是一种情怀；"博爱"也是一种情怀；悲天悯人是情怀中的情怀！

但是悲天悯人，某些时刻要受到抨击，自视过高，居高临下的态度，即使恩泽遍野，也无法消弭带来的不适之感。

纠偏矫正，每个时代
都要历经的阶段

也许，只有时间远去，时代特色才会凸显。 仿佛看一个人，保持一米以外的距离，才能看清整体、看得清全貌，才能让想象的翅膀飞翔，空间也由此无限广阔。

——品德，品德是时代的标签，虽然这个词在不同的时代代表不同的意义，正直、勇敢、奔放、激情或者安贫乐道等等。

——法制，法制对于不同的政体有不同的方式。 如果认真思考法的精神，会让人懂得法制也是非常庞杂甚至繁杂的，像品德一样不能一言以蔽之，甚至法制也是以品德为基础的，法的精神渗透了太多品德基因，以德为基础的法才是善法。

——理性，理性总是相对于情感存在的。 如果没有情感，理性也就失去了存在的意义。 不管怎样，理性在任何疯狂的时刻都不会派上用场，不能太高估理性，看看每个时代那些翻天覆地或者稀松平常的事件，基本都是人来完成的，是理性促成还是情感推动呢？ 也许都有。

——情感，情感承载着无形的重任，记录着时代。 那些能够体现时代精神的无不彰显着情感，但情感从来没有为自己树碑立传，而是凝聚成时代精神，由时间历练传承。

纠偏矫正，每个时代都要历经的阶段，这个时代亦如此。超过常理和常例的例外事件，必须得到纠正，执政党鲜明的立场和行动，品德、法制、理性以及情感都包括在其中了。

人类需要思考，更需要行动

人们常常批评一个政体的坏处，却往往忽略其好处，利弊一体很难改变，唯一可以做到的就是趋利避害。

首先，人类需要权威，需要树立一个神进行学习。 面对那个神秘主宰的无限统御，人们既需要信仰又需要抚慰。 独立？ 独立这个看起来无限美妙的词汇，并没有多少人真正地需要。 只要读读历史、看看当下，人们也许会明白，大多数人倡导的独立，不过是对自我意识的一知半解。

其次，随波逐流是生之常态。 生命的限度限制了人们的认识，四季轮回，进化不仅需要时间，更需要历练，肉身之躯随草木枯萎，精神的传承需要从头再来。 不要责怪进化太慢，人类边感受边进化，学习着怎样生，而多数人懒得学习，更懒得独立，依附、依赖甚至膜拜也许是更好的选择。 到过海边的人都知道随波逐流的惬意与悠然，如果存在安享，随波逐流就是，只要人们不总是抱着批判的态度。

最后，人类需要思考，更需要行动。 当思考者为政体费心劳神时，那些伟大而鲁莽的实践者早已冲杀在人海，为荣誉和权利拼杀掠夺，在野蛮的河流中开创文明。

灌输价值观

文化是个大题目，凡是制度规范等解决不了的问题，文化都可以发挥作用，虽然当代人越来越喜欢制定各种各样的制度及其规范，但还是不能穷尽人类所有的行为。 文化依然如魂魄般如影随形地在人间荡漾，区别着不同国家，不同种族，以及不同的人。 文化不仅体现着人们的风貌，也彰显着素质，不管我们乐意不乐意，接受不接受，文化既是国家之间、人民之间联系的纽带，也是区分国家之间、人民之间关系的分辨器，尽管交流，尽管互鉴。

文化很重要，却是缓慢积累的过程，不像财富或者其他可以速成的东西，无论这个世界的发展如何日新月异，文化发展及其传承总是沿着自己的轨迹缓慢前行，一代又一代，总要从头再来，父亲是语言学家，儿子也不可能生下来就会说话。这个无奈的现实大家都得接受，所以教育很重要。

教育的方法之一是灌输。 儿时背诵唐诗宋词，成人后吟几句诗词不是什么难事，甚至影响着人的精神气质。 高考改革的重要性不言而喻，加深语文学习，潜移默化让几千年的文化基因重现，找回迷失的文化自信，改在当下，利在长远。

在我们倡导高考改革的同时，美国的大学入学考试学术能力评估（SAT）也将改革。 从 2016 年起，每场 SAT 都将包含美国建国文献的段落，包括《美国宪法》和《人权法案》，通过中国人最重视的考试，系统地影响学生的观点、信仰和意识形态，向年轻人灌输价值观，美国人的思想政治工作，可谓是极致到位。 在这一点上，既要警觉又要借鉴。

应邀谈周易

变化：周易讲的是变化，而变化莫测，当下经济学流行的说法是不确定性。 如何给不确定性一个相对确定的未来，易经能够做到。 对易经的敬畏之情妨碍了对易经的深入研究，或者达不到那样精深的境界，只好在现实生活中知其一不知其二地了解着，不知不觉地应用着。 一脉相承的血脉总会流淌祖辈的文化基因，深入骨髓的传承，无论研习哪国文化，根是变不了的，终要回归。

博大精深，唯周易！ 即使断章取义，浅尝辄止，或者一知半解，亘古未变的真知灼见，真是了得！

首先，世界万物是发展变化的，"一阴一阳之谓道。"阴阳相济，对立统一，如此微言大义，思想不尽！

其次，"大道之行，天下为公"，如此的境界自然开阔无疆，忘掉小我成就大我，居天地之间以人为本，忘我地以人为本，仿佛共产主义理想，催人奋进。

最后，自强不息、厚德载物、居安思危等等，可以汲取的思想精华可以济世，亦可以指导具体的生活，顺应自然，乐天知命。

这样一部迷人经书，版本太多！ 太多的版本，滋养着世世代代人们的思想，也养活了世世代代的一批人。 文化悄无生息地从事着贸易，却从来没有以贸易的形式。 这是文化的力量吗？ 这是周易的力量，潜移默化，犹如秋天来临，犹如冬天来临，欣然接受，如此之好！

如果大自然与人类反目成仇

古代有个奉旨填词的词人柳永，写过"雾霭沉沉楚天阔"的诗句，记得那是一首关于告别的词，情意浓浓，印象深刻。

过了多少世代，雾霭沉沉的天气是否依然？

变了模样。 现代的雾霭掺入了太多的化学烟尘，从一种充满诗意的自然现象变成污染，闲情逸致迷失在浑浊中。

人们呼吸着同样的空气，却忽略着如何保护；人们依赖同样的土地，却在土地上肆意妄为，人们离不开滋养生命的水，却赞美着挥霍无度。 "我们现在就需要保护这些资源，而不能等到大自然与我们反目成仇的那一天。"

大自然也许还没有决定与人类反目成仇，却经常面露不悦，脸色阴沉。 诗意的生活不是人类创造的，是大自然的赐予，人类仅仅在创造着舒适，人们应该认识到舒适是相对的，要看大自然的脸色。 如果大自然与人类反目成仇，舒适是不存在的。

为什么独尊儒术？

公元前 134 年的董仲舒提出"罢黜百家，独尊儒术"。

为什么独尊儒术？

这个复杂的问题，即使抽上一包烟也说不清楚，但可以简单列三条，尝试着理解。

首先，统一思想。 百家争鸣，众说纷纭总得有个主线。

儒家思想大一统成为主流，给纷繁的思想划界，让主流社会官僚在同一思想体系下作为，便于统御。

其次，内圣外王。作为儒家学者们追求的最高境界。有德行、既能齐家治国又能平天下，是儒家弟子的共同追求。理想和信念高度统一，归根结底还是便于统御。

最后，刚柔相济。儒家的刚柔相济，是不是如蔡东藩的历史演义？儒家思想统御下的和亲、册封、会盟等等，和平妥协地处理各种关系，是刚是柔不太容易分清，结果基本是和平的，给人的感觉是耐得住，耗得起，总能回归常态。

是不是如此呢？抽了一支烟。历史不能一知半解，兴之所至，一知半解也是了解吧？

超越现实！

超现实不是美学，也不是先锋运动，而是指引生活的精神方向和道德方向，超现实主义在所有领域都要求其终于原则。

超现实主义是一种精神状态，我们生活在现实中，需要超越，需要更高的精神境界引领，需要梦想助力，奔赴那个未来的现实、未知的现实。

超现实主义是遗忘，遗忘岁月的磨蚀，遗忘世间的摧残，以布满皱纹的面庞面对阳光，并且灿烂地笑着，安然大度。

超现实主义是硬度，如共产党人的理想信念，如身体中的钙，让生命屹立不倒，魂魄长存。

超现实主义是痛，深切到无以复加的痛！不要惧怕痛，痛与欢愉是一体的，如同爱恨交织。

忘掉那些世俗的琐琐碎碎吧；忘掉那些离目标十万八千里的细节！

关于批判现实主义的三点认识

批判现实主义，任何时代都存在。

首先，批判现实主义不是艺术，它没有艺术的精微与敏感，没有艺术对美的极致追求，也不具备艺术的忘我与动情。批判现实主义是所有时代的芒刺，让任何生活在当下的人都感觉不那么舒服，仿佛做错了什么。事实上，即使错了，也是一个时代的宿命，无法逃离。批判现实主义为时代空添烦乱。

其次，批判现实主义不是宗教。真正的宗教是内心的虔诚与禁忌，是克制与坚守，是历经劫难、困苦时的信仰，超脱于生死，给人内心包容、宁静和坚强，如同大爱无边的情怀。批判现实主义做不到。批判现实主义生活在自己的小天地，精神不够博大，心胸不够宽阔，态度缺乏包容。批判现实主义唯一的功绩是教会人们从它的反面看问题。

最后，批判现实主义不是哲学，或者离哲学差远了。虽然批判现实主义也披着思辨的外衣，骨子里却渗透着独裁者的思想，甚至比独裁者还独裁。但，批判现实主义并不理解独裁的真意。幸好批判现实主义没有掌权，幸好各个时代的批判现实主义都离权力很远。很简单，批判现实主义是不能驾驭权力的，权力的拥有者不属于权力的批判者，尽管权力存在种种争议、分歧抑或其他（我不喜欢使用更重的词）。哪个时代的独裁者不是历经血雨腥风，北战南征，以梦想践行行动的伟大实践者？他们从不批判而是指挥，他们从不抱怨而是行动！

批判现实主义，一个可以深思的问题，放在人性和时代的背景中。

历史的轨迹：感觉充当着魂魄的使者

历史的轨迹，除了记忆，了无痕迹！

那些似是而非的记忆，充实着人们的生活，人们在回顾与展望之间，过着当下的生活。 也许，真正的生活应该是没有过去和未来，只有现在，那些专注的时刻，忘我、忘情、不知不觉的当下，拥有了，离去了，悄无声息。

而这样的超脱，几人能承受？

拜物，也许是和时间抗衡的最具体的形式。 有所附着，有所依托，有所表达，一定是体现在看得见摸得着甚至能够恒久传世的物上。 那些石头，如玉器；那些金属，如黄金，不仅满足着人们的愿望，也如他们本身的品质，坚硬恒久，传递着人们的期待，甚至附上人的魂魄，如果人确实有魂魄的话。 当然，即使没有魂魄，人总是有感觉的，感觉充当着魂魄的使者。

至于，在这个时代被过分膜拜的房子，虽然以目前的品质传世基本是个妄想，由于相对坚固以及除了遮风蔽雨，还可以在里面演绎人间喜剧，受到了太多的关注，人们甚至放弃口腹之欲，积累以平方米计价的空间。

历史的烟尘及其现世的喧嚣

任谁也阻挡不了时间的脚步。 人们在历史的烟尘中感受着生的烦恼与快乐，所有的利益与荣誉，不过是时间之手短暂的抚摸，瞬间的愉悦无法消弭恒久的孤寂，那是生命不能抵御之痛。

梦想，梦想在旅途而不是看到曙光的刹那，人们忽略了在无始无终的时间洪流中，任何存在都仿佛烟尘，风过无痕。 所以，莫言,这个正走向高贵的作家,用烟消云散表示自己对世界级奖项的态度,同时他没有忘记提携这个群体,让人们关注中国的作家。 他既超脱又现实,既淡漠又激情,也许这正是千年文化积淀让世界认同的原因之一。

时间是最好的平衡器,涤荡着历史的浩淼烟尘

每个时代,人们的关注点以及形成的时代气息,决定着每代人的生活风尚,也决定着人们的创作及工作。 人们无法逃离时代的藩篱,顺其自然或者鼎力抗争,是人们自由选择的生存之道,也是那个神秘主宰乐意看到的行为。 他有时喜欢人们顺从,有时喜欢人们抗争。

困难、艰苦和阻力是他不经意的安排,促进人们的灵魂不断进化,也不断改变着世界的面貌,他多数时候安然,偶尔动怒,雷霆之怒!

秋天来临,雾霭深重,北京深陷雾霭浓浓之中,伴随着假期来临,人们缓慢地穿梭往来,把宽阔的道路变窄、变小、变得让人们积聚抱怨,尽管道路并没有让人们不停地涌入,北京也并没有向全国召唤:到首都来!

而人们还是来了,涌动不息! 时间的洪流以及空间的博大,人的尊贵与卑微、勇敢与怯懦、执着与散漫也许不算什么,真的不算什么,但是人们认真地活着,不计生命之短暂,不计时间之漫长,安然若素,的确值得人们自我欣赏与愉悦。

当然,人们的思考还有很多,很多,很多!

历史的本质在于变化

无论我们多么的不情愿，世界总是变化的。

我们渴望稳定，同时又渴望变化。 我们的命运和时代交织在一起，而我们的愿望却渴望更多，发展动力指的也许就是这些，或者比这些更多。 个体是微不足道的，但个体的愿望可以汇聚成强大的洪流，任谁也无法阻挡。

看看当下，我们和曾经生活过的前辈是多么不同？ 我们和前辈又是多么相似！ 曾经的一代又一代，在生的问题上分歧与共识并存。 谋求怎样的发展？ 以及怎样的发展道路，一代人的选择就是一代人的宿命。 只要不过度竞争，只要不无节制的膨胀，人们正在经历的也许就是最好的时代。

如何防止膨胀？ 如何防止无节制地膨胀？ 从人们的衣食住行可以看出一些端倪。 如何理解和解释？ 如果知道了烟草的危害，却依然故我的迷恋，也许就不会提出这样的问题了。 关乎历史及其历史上的人和事，大抵如此。 历史的本质在于变化，历史的迷人之处亦在于此，亦在于此吧。

论奢侈：在满足的瞬间，总是愉悦的！

论奢侈，可能是个触犯众怒的题目。 因为就奢侈本身而言，每个人都有所求，那是与生俱来的需求之一，既有感官的，也有精神的，低俗与高尚互为交融，界限难清，却分明存在着界限，甚至泾渭分明！

神兽合一是为人。 奢侈的，太奢侈了！

既要追求高远的人生理想和境界，每天又离不开吃喝拉撒睡。 显贵尊荣与落魄倦怠，每天如影随形，守恒如一就成为奢侈的。 但是在追求奢侈的道路上，人们还是愿意倾心尽力。 因为，虚荣如鞭子一样每天抽打，鞭策人们心甘情愿、卑躬屈膝，为虚荣不懈努力！

虚荣是人生事业的助推器！ 虚荣心如油漆，不仅使物体显得华丽，而且保护物体本身。 当然，这个比喻用在普通人身上就是拜物。 各种品牌物品不管多么恶俗都受到追捧，实在是恰到好处地利用了人们的虚荣心。 虚荣被广泛利用，人们却心甘情愿接受。 对待情人都没有如此慷慨，对待亲人都没有这么执着。 这是个非常令人困惑的问题，这也解释了为什么心理学课程越来越繁复，人们对简单的问题搞不懂：为什么要花费那么多金钱和精力制作一块表？ 为一张画倾注天价？ 甚至一棵白菜因为有了绿色概念就可以价值百元？

虚荣是需要的一部分，根植于内心深处。 所有的谦卑、克制以及礼让，也许是另一种形式的求名自炫之术！ 虚荣心，不应该过多则责备。 应该责备的是对虚荣心了解太多，让感觉变得淡薄，失去了许多新奇与亢奋。

毕竟，无论什么，在满足的瞬间，总是愉悦的！

稀缺总是好的！

当我们的判断正确的时候，是得意还是悲哀？ 和我们的期待相关，但是无论怎样都得接受现实。

又是新年到，又是团聚时。 人们回到家，不远千里万里，不论千辛万苦，和亲人团聚，度过传说中和比较古怪的困兽斗争的日子，并且倾心尽力热烈地庆祝一番！

人们发明各种各样的节日，都是和劳动和工作抗衡。 虽然劳动最光荣，但人们不能总是在光荣的光环下度日，还需要各种千奇百怪打发时间的节日，让头脑和四肢暂时放松，表达他们对生命的理解和对生活的态度，尽管理解千差万别，态度各种各样。

多元化与多样化，需要凝聚共识。 当然，现实是人们产生了更多的争议和分歧。 选择太多意味着无所选择，就像爱太多以致被忽略。 所以，我们要接受这个普遍的现实：

稀缺总是好的，距离总是美的，唯如此才能够引起人们投入足够的精力！ 如春节，一年 365 天，仅 7 天属于春节。

骏马也会被拍得遍体鳞伤

骏马，矫健奔放。 据说在元代，拥有骏马被视为权力、身份、地位的象征，拍拍骏马的屁股，表达的是喜爱和钦羡，人们在喜欢婴儿和女人时，也通常拍拍屁股，总之和友好相关。

好的东西人们都会喜欢，向上看是人们的本性，当然向下看也是人们的本性，尽管上与下的感受非常不同，需要修炼到极致的境界，才能将上下拉平，如同某些哲学家眼中的生与死。 这样的要求与修炼很少有人能够达到，就像帝王领袖总是少数人的事业。

拍马屁被异化为不太好的感觉，可能与人们的心态有关。出于喜欢习惯性地赞美是人们的天性，如果与目的和意义结合确实不那么令人心仪了。 目的和意义让世界有了规划和目标，同时也少了情感和单纯，如果人们把目的和意义看得过重，骏马也会被拍得遍体鳞伤，喜欢也会变得不自然。

这也许是文明社会发展的副产品，骏马和喜欢骏马的人都很受伤。

融合带来开放与包容

历史，只能回头看，如同总结，总是针对过去的事，离得远看得清，站得高看得远。　当然这是指时间拉长了的历史大事，不是指吃饭睡觉每天重复的大事。

融合，贯穿历史。　第一次融合是春秋战国时期，这个时期的民族通过战争、经济和政治交流。　第二次融合是魏晋南北朝，翻开那段历史，有点儿复杂，宗教登场，人们有了寄托之后思想更加多样了。　第三次融合是隋唐时期的民族大融合，值得骄傲，经济文化双繁荣，尽管其间也有战争点缀，但是对于普罗大众来讲绝对是盛世。　第四次融合是元朝，元朝给人的感觉是剽悍，据说外拓到欧洲多瑙河，这段历史很强悍，值得投入精力了解，但也不能投入太多精力，会助长某种感觉。　至于清人带来的第五次大融合，也很是了得。

融合带来开放与包容，也便于统一谋事。　思想撞击，经济交往，创新也许就变成了自然而然的事。　至于其他，其他的事各自感受吧。

触及灵魂之痛！

宇宙是永恒的，希腊哲学家亚里士多德如是说。

人类也许是永恒的，但是人们仅仅是阶段性存在。　人们深陷庸常生活的琐琐碎碎，在各个方面释放自己的精力，追求、追寻，也许仅仅是为了忘记痛，灵魂之痛。　把虚幻充实，仿佛一切都是恒久的。　也许是吧，作为阶段性存在，如果我们认为是恒久的，就是恒久的。　深陷主观主义泥沼的人们是多么幸福，要多幸福有多幸福！

幸福？ 如果幸福确实存在，也仅仅是痛苦的暂时立场。看看千百年来存在的世界，看看那些传承。 艺术长廊的每一个阶梯都抒写着情感之殇，灵魂之痛，无以复加！

看看那些画卷，看看那些充满浓情蜜意的工艺品，时间变成了存在，思想凝聚成物品，还有那些飞扬悠长的音乐，各种各样，表达着生的见解、寄托或者愤怒。 人们如此热爱着生！ 有时激昂，有时平静，更多时候喧嚣不已。 有痛有爱，痛切至爱，或者本身就是一体。

把自己埋葬在喧嚣，或者沉寂于闹市，或者随波逐流，都是选择，不错的选择。 哪有什么对错呢？ 本来如此，存在就是好的，欣然接受命运的安排，总是好的！

灵魂之痛？ 痛并存在着，理应欣然接受！

高贵的服从

"说得对就接受，说得不对，也许是我不懂，需要加强理解。"接下去就不必再说什么了，温和的心情容易理解温和的解释，尽管某些事情离温和差远了！

权利及其权利观念普遍存在于民主社会。 一个法国人曾说：权利观念明确的人，独立而不显得傲慢，服从而不显得卑微。 如果一个人服从暴力，他就会自我压制，自我贬低；相反，当他授权同意别人对他指挥并且服从时，从某种意义上说，他就高于指挥他的那个人。

高贵的服从，类似于人类情感的最高境界：愿意！ 这样的境界可以从人类社会著名的搭档中寻找，也可以从情人关系中发现，或者动物世界中偶尔发生一个生命为另一个生命的献身等等。

但是，事情也许并不如此简单，甚至和人们通常的理解相悖，至少在等级社会或者民主渐进的社会，这样的观念还需要假以时日。好在一些常理早已深入人心，如爱人如爱己，利人即利己的思想以及团队理念等等。

对于某些事的理解永远存在分歧，千差万别，包括权利这个充满争议的词汇。夜渐深，烟殆尽，晚安，休息！

有多少欲念混进思想，就有多少困惑神伤

有多少欲念混进思想，就有多少困惑神伤。不过，如果少了欲念、困惑以及神伤，我们到哪去寻找信手拈来的悬念、神奇以及痛之后的觉悟呢？

生活在时间中的人，积累了太多的知识甚至是负累。尽管文明的卷宗堆满了博物馆或者储藏间，但是真正进入人的头脑，仍然是件颇费周折的事，从生到去，也不见得能搞懂文明的传承，但是诸如拳打脚踢此类的野蛮暴力，几乎无师自通不学成才。从解决问题的角度看，野蛮而直接的办法尽管粗暴，效果卓著却也是现实，如果我们对效果不做过多评判的话。

生活在时间中的人，对什么都发表见解，评判者多、行动者寡，如果对妄议追责，也许这个世界就不会有那么多游离于社会各阶层，靠着近似江湖郎中般的预测扰乱视听了。凡事都解读，凡事都分析，把世界搞得复杂多变，让现实成为故事，让故事成为现实。我们可感知那个神秘的主宰在静观着一切！

披上乐观主义的华袍，美艳荣光

月圆之夜，圆月令人惊异的悬挂空中，仿佛要跌落下来，近得令人心悸。 一切太过亲近的距离都令人心悸，仿佛听到自己的心跳。 当我们无法保持适当距离的时候，不仅考验着感官，也考验着耐力。

人性决定了我们不愿意承认现实，不愿把眼前的问题与自己挂钩。 逃避是美德也是选择之无奈，超越现实的美丽幻想也许更加迷人，或者根本不迷人，却可以把现实的种种无奈匿藏，仿佛某件物品，最终也不知道放在了什么地方。 只有少数人可以坦然面对，但坦然面对的结果可能比逃避更糟。 就其人性及其归宿而言：我们同受煎熬。

但是，如果陷入悲观主义的泥潭就大可不必了！

现实的阳光普照万物，每一个存在都有其不可比拟的精彩。 比如一日三餐，比如笑着想一个人，比如集体的亢奋以及为实现某个目标的坚持与隐忍等等。 人们为创造生活发明的自强本领不计其数，并且每一件都披上了乐观主义的华袍，美艳荣光。 如果人们在金融街留恋片刻，悲观主义很快就会结出乐观主义的花朵，甚至连花匠都会感到新奇。

至于是怎样的新奇，看看各种没完没了的金融信息，就明白了！ 如果还能够停下脚步赏月，释放闲情，一切的考验及其耐力都可以成为生的享受。

偏见？ 大自然最优
美的妥协之道

偏见？ 是的，偏见和主观让我们的生活既充满趣味，又单一乏味。

我们都是偏见的产物，也是偏见的传承者。 人世间百媚千红，我独爱你那一种，简直就是偏见的宣言。 但是，这又是多么值得推崇和尊敬的偏见，由于偏见形成的自然顺序，比人为制造的更可靠、耐用。 自然调节是大自然最优美的妥协之道，人们在不知不觉中，遵循着那个神秘主宰的不经意安排。

但是，人们也在刻意改变，和天性抗衡，和自然作对，人们误以为是进步，事实也许是真的在进步。 但是进步的步伐在时间的洪流中，又留下了什么？ 看看那些古老的建筑以及曾经存在的文明，我们也许会有所觉察：阶段性和相对重要，偏见让人们选择又离开，受困于悲与喜，忧与怨，还有更多，发生于每日24小时的清醒与睡眠之中。

比别人更强不等于
比别人更好

比别人更强还远远不等于比别人更好。 所谓的强只是一个相对的概念，或者加上了人们的想象，而人们的想象既没有边界，又受制于人们的思想和情感境界，纯属个人感受。

在植物世界里，我们经常感到某些差的品种对周围不管不顾，疯狂生长，比如盛夏花园的稗草等等。 再如，水与石，水滴石穿，实在说不上谁更强，时间充当了权衡的尺度。

在人类历史中，高贵的往往由于在数量上占少数而居于下风，这种例子举不胜举。 但是，当一个比较低级的文化占据上风，并且因自己占绝对多数而肆无忌惮地传播时，情况就特别危险，危险到什么程度，浮浅而堕落，让后人羞于提及。

历史的耐心，引人深思

历史的耐心，关于瞬间与恒久的关系，也许历史的耐心可以解释：我们这些历史的匆匆过客，某些时刻可以放慢脚步，和时间和睦相处，共同倾听时间的滴嗒声。

一个理想主义者总是对未来充满期待，也应该充满期待。但是珍重现在更重要。此时此刻，关于历史的耐心及其遐想，也许比精确的计算或者明确的目标更耐人寻味。

所有的恒久都是耐心的凝聚，甚至人世间的爱恨情仇，集聚再集聚，变成我们可以看到的样子。我还能说什么呢？我还能想什么？在这个清冷而匆忙的冬天！

愿耐心成为一种修为，努力为之！

防御是进攻的另一种形式

还是不谈进攻了，进攻关乎主动，关乎强力，关乎自信或者先声夺人等等，还是冷静地观察一下防御吧。

如果不把问题看得那么绝对，防御也是进攻的一种形式，是等待进攻，既是行动上的蓄势待发，也是思想上的韬光养晦。当然，从军事的观点看，防御还有一些更特别的意义：

首先，防御的目的是保存实力，守比攻容易。因为守意味着有，攻意味着夺取，而夺取一定是意味着没有。

其次，缓慢滑过的时间积累优势，可以消弭进攻者的锐气以及精力等等。现实中的拖一拖等就是具体的世俗应用。

最后，可以转守为攻。当然，无论怎样，防御总是被动的，如果说防御中存在积极的因素，只存在于转守为攻的那一刻。　著名的兵家理论也在讲：战争的自然进程是以防御开头，以进攻结束。

这一切，都是建立在知己知彼调查研究的基础之上。　虽然普遍适用，但是一到现实世界的汪洋大海，就产生了千差万别，原因也许是：攻守之势异也。

看完钱穆先生关于中国历史上的政治，抄录备忘："中国要求'民族'和'国家'之独立，则必须先求'思想'和'政治'之独立，这又是决然无疑的。　否则今天学甲国，明天学乙国，绝不是中国的出路。　中国政治将来的新出路，绝不全是美国式，也绝不全是苏俄式。　跟在人家后面跑，永远不会有出路。　我们定要采取各国之长，配合自己国家实情，创造出一个适合于中国自己理论的政治。"

人类是经不起诱惑的

什么事情都要拿出来论述一番，是这个时代的特点，也是任何时代的特点。

人类生来要生活在一起，生来也要彼此愉悦，充实缓慢流淌的时间，当然人类生来也彼此排斥。　被理性清洗的智者们一直在提倡保持距离，也许真实的想法是亲密不易，或者亲密经不起时间的考验，才要保持那个不尴不尬的距离。

但是人类是经不起诱惑的，或者诱惑本身太迷人，心甘情愿赴汤蹈火。　有人说：相遇总是猝不及防，而离别多是蓄谋已久。　我看这句话非常适合当下的各类市场，包括资本市场、黄金市场、大宗商品市场以及不怎么入流却也喧嚣不已的种种市场，像癫痫病人找不到病因，发起疯来没有什么好办法，或者好办法正在酝酿中。 其实我们自己都了然：没有准备就下场，下场之后想离场，又由于找不到时机演变成蓄谋。

关于资本市场各有千秋的论述，都有道理，却都栽倒在当下。 其实不必太悲观，以人类历史的发展以及历经的风雨沧桑看，一切都将归于平静，大自然仍然天高地远，人类依然碌碌奔忙，开启另一场戏剧。 人类是经不起诱惑的，或者诱惑本身太迷人。

求同存异与管控分歧

君子和而不同，大致应该是求同存异的原始出处。 当然求同存异不仅需要境界，同时也需要很好的理解力，以及在理解基础上的尊重，并且是彼此双方的尊重。

求同存异在这个时代的内政外交上反复提及，说明一个问题：关于求同存异的现实是同者少，异者多，远远没有达到和而不同，或者更进一步说：明里暗里的分歧以及短兵相接随处可见，看得见看不见的分歧让这个世界充满了不确定性。

于是出现了管控分歧。 管控分歧也许是这个时代比较伟大的发明，也是管理学在当代各种学科争锋中比较得意的胜利。

分歧总会有的，或大或小。 国与国之间的大分歧，握手言欢也需要真金白银夯实；家与家之间的小分歧，分分合合离不开金钱货币垫底，如果再加上感情以及偏见，甚至习俗信仰等等，剪不断理还乱，犹如忧伤缠绵的宋词，哀伤、愤懑以及英武杂糅，是个大难题。

管控分歧概念的出现给各种不确定指出了方向：无论怎样的分歧，攸关方主动管一管，指出一个确定的方向，至少朝着这个确定的方向努力，给不确定一个确定的未来，总是可以的。 管控分歧是求同存异的深化，我想是的。

关于思想的三个部分

长期以来，哲学家和诗人一直把思想分成三个部分：信息、知识和智慧。 这三个紧密联系却保持着相当距离的词汇，让拥有它们的人各具特色又无显著的特点。

首先是信息。 这个时代几乎令人眩晕的信息从四面八方涌来，耗用着我们的时间，侵略着我们的身体。 从生活的角度看，我们本不需要那么多信息，无论是满足好奇还是满足生存。 老子所言"五色令人目盲；五音令人耳聋；五味令人口爽；驰骋畋猎，令人心发狂；难得之货，令人行妨。 是以圣人为腹不为目，故去彼取此。"我想老子在发表这一番高见时，早已料到在时间的长河中，人们是无论如何也做不到去彼取此的，把这句话作为信息传递下去，是老子的智慧，其余的全是信息。

信息无止无休，智慧偶尔露面。

其次是知识。 除了那个神秘的主宰，没有谁知道这个世界上有多少知识，而那个神秘的主宰又不需要知识，虽然他总是把知识抛向人间，令世人锲而不舍地追求。 是否存在一个临界点，这个思考显然不符合实际。 从个体生命的限度看，好像需要一个临界点，但是从个体生命在空间挪移的广度看，只要无限的可能存在，知识永远是不够用的。 所以，哲学家以及那些不遗余力教化众生的老师们提出一个观点：活到老学到老。

遗憾的是，知识是学不完的，庄子曾经发出如此感叹：吾生也有涯，而知也无涯，以有涯随无涯，殆已。 还是算了吧，学海无涯苦作舟的日子总有上岸的时候，其实上岸也不见得比苦海泛舟强多少。 就拿放假休息来说，人们放下各种各样的工作，承载着知识的躯体跋涉于车流人海，知识屈服于时尚，汇聚成时代特色，这个特色和时尚就是去过哪些地方。

在知识的浩瀚海洋中，如果知识不能用于指导现实生活，又有什么用？ 当然，当知识变成现实的生产力甚至杀伤力时，是另外一回事。

最后是智慧。 智慧是觉悟吧？ 也许是。 在这个宽阔无边的问题面前，思考不能解决问题，况且智慧也不是用来思考的。 也许在历史的喧哗声中，瞬间的决断是智慧吧？ 或者独守寂寥而心中拥有无限风景？ 或者平静地说：我不懂。

一个不必选择的问题

雪，掩盖了世间的尘埃，把现实带入无限，空旷寥远的无限，遥不可及无限延展。 对这个世界我们究竟了解多少呢？

看看我们的局限，虽然我们总是羞于承认自己的无知，总是谦卑而勤奋地学习着，终究还是摆脱不了沧海一粟的命运，巨大的未知犹如整日累积的白雪，越来越厚，直到我们谦卑顺从。

也许每个时代的风俗就是每个时代的宿命，谁比谁更好呢？ 这是一个不必选择的问题，没有好坏，只有存在。 14世纪的意大利、18世纪的法国以及20世纪的中国，都存在着文化，但是生活在特定时代的人如何进行比较呢？ 如果人类的祖先看到他的子嗣们在雪天蜷缩在家、眼睛盯着电子设备，会生出怎样的感慨？

不管怎样，任何时代的人们都恪守着一以贯之的责任感：生孩子、盖房子以及由此衍生的诸般事端。 而把这两件事演绎得如火如荼，当属时代特色了。 围绕那么多的人以及那么多的房子滋生的问题说也说不完，即使拉个清单也会没完没了，了无尽头。

什么是不变的呢？ 庞大的文学作品从远古到当代，反复阐述着生的苦难与幸福，甚至有那么一种说不出的诡秘味道，就像覆盖了大地的白雪，带来不安的快感以及无尽的向往，那种对我们无法拥有的向往，咬噬着需要时日才能超脱的心情。

恒久不变的东西也许会很多吧？ 好在生活的江湖总是充满鲜活的趣味，菜市场未变，烟草未变，酒精未变，如果不那么较真的话，任何时代，这三样东西几乎在任何时代都会忠诚地伴随着人类，保持着人性中最基本的需求，让人类满怀热情或者悲观颓废地存在下去，子子孙孙。

不新不旧最适宜

只要我们能给某一事物创造出新的名称，外表以及评价，便能创造出所谓的"新鲜事物来"……

是的，在一个求新求变的时代，有多少改头换面的伪创新，充斥在世间的大街小巷，甚至头脑，人们被各种各样的创新迷幻，灾难深重却执迷不悟！

僵化与教条害人，种种高举创新旗号的伪创新不仅害人也害己、害社会。 同时，也给真正的创新蒙上了厚厚的灰尘。

是新还是旧呢？"旧"真的那么令人厌烦？"新"就真的那么令人痴迷？ 也许生活的常理会提示人们：不新不旧最适宜，适宜到习惯成自然。

回归常理，向常理请教也许就不会犯那些令人匪夷所思的错误了！

时事与英雄

土地与人，相互拥有

　　一个人一旦拥有了土地，实际上土地也就拥有了他，对土地上生长植物的照料和关心，不仅会打消任何远行的念头，终年与农事厮混的生活，人的理解力和创造力也可能像果园的围篱一样覆满青苔。　真正的现实是人们对田园的热爱是被美化了的幻想，也许是田园牧歌式的狂想，亲自去实践、以身作则的结果，多半仅仅是治疗了对于农事向往的偏执信念。

　　事实上，没有几个人真正喜欢农活，更谈不上变成真正的农夫。　从当下或者更远的过去看，具有农民身份的人从来没有放弃改变境遇的努力。

社会和谐的前提是尊重

　　人们过度夸大了财富的价值，忽略了日常生活的点点滴滴，被遥不可及的欲望驱使，那种彻底的不满足，让人们迷失在失落的迷雾中！

　　社会和谐的前提是尊重，人们需要更多的是尊重，还有悲天悯人的情怀。

　　首先，农民应该得到尊重，没有粮食的世界，即使黄金光芒万丈，也不能填饱肚子；其次，空气应该得到爱护，穷人和君主的呼吸是一样的，那是人们共同拥有的气息；最后，那些琐碎耗时转瞬即逝的劳动——厨师、园艺、水暖等为了基本生存日复一日的劳动，应该比华尔街的金融家们得到更多的尊重，他们的劳动没有欺诈，也不复杂，却一天也不能少。

财产及财产所有权

财产及财产所有权划分着阶级，也拉开了人们的距离，甚至为人类共同的情感布设了一道坚固的屏障。

从人生终有一别的角度看，财产及财产所有权没有什么意义。但从人生的过程以及世代延续的角度看，财产及财产所有权非常重要，重要到几乎所有的人都知道拥有它们的好，甚至还可以承载爱、承载恨，当然，财产承载更多的是权利，拥有者的权利。

令人伤感的是，财产所有权和那些默默的财产本身一样，无动于衷，任其被肆意掠取，历经沧桑，逆来顺受，并不在意谁拥有。至于它的拥有者是怎样地历尽艰辛，或用尽机关或蓄谋夺取，仿佛和它本身并无干系。看看那些留存于世的建筑以及珍宝文书，布满灰尘淡然面世，财产及财产所有权是这个世界上最令人伤感的发明，好在人们并不怎么在意，喧嚣的生活淡化着随时有可能被唤醒的警觉。

财产及财产所有权给这个世界带来秩序，也给这个世界带来烦乱甚至灾难。人们一直在努力界定清晰，人们也一直在努力破坏，破坏与重建，循环往复，世代相袭，以前没有解决好，未来也不会解决好，这个未来至少以百年计。

雨后，天空清澈，树木青绿，好时光正在此时。

没有恒久不变的
万能良药

尽管，人们为生存积累了浩如烟海的知识，还是迷失在现实生活的汪洋大海中。除了大自然的岁月轮回，人们还不得不面对自身制造的麻烦，林林总总，难料难测，不可穷尽！而所谓的学说及其体系，只是暂时解决了临时性问题，没有恒久不变的万能良药。虽然，总有一些理想主义者，希望发明济世良方，拯救苍生。

经济政策就是一例，人们总是指责政策不完备，仿佛政府永远在做次等的决策，好的政策总在批评者的一边弃之不用。对比现实似是而非，看起来也有点儿像那么一回事，难道决策者总是在做退而求其次的选择？

也许是吧，山那边的风景也许永远更好，人们却不得不把目光局限在视野所及范围之内。这是遗憾吗？这怎么能是遗憾呢？这是幸运，幸运在于拥有了所能拥有的，无论政府的职能多么强大，也是具有同样人性的人组成的，政策不可能一劳永逸，能够解决某些阶段性问题，就是好政策，由此，改革、创新、转型以及突破才有生存的土壤。

当然，如果人们能够忍受教条和固化的社会形态，心怀圣念，恒久不变的社会形态更适宜稳定的生存。只是，人性中求新求变的本性不能忍耐，对此，政府也无能为力。

城市和乡村

如果人们喜欢喧嚣和浮华，只有城市能够满足；如果人们希望有所作为，城市特别是北京这样的大城市是个不错的选择。 但是，更为明智的做法也许是与城市保持一定的距离，这样才能获得灵感，一旦深入其中，你就会变得生硬呆板，循规蹈矩，随波逐流，还有城市生活的一些通病，我不说人们也会知道。

所以，城里的人总是希望到乡村去。 乡村某种意义上是回归，回归到纯正的自然。 很多有所作为的人的坚毅品格和远大志向，都是在乡下形成的，因为那里空间开阔，民风质朴，有充裕的悠闲时光向往外边的世界，人们也有足够的耐心准备未来的行程。

当然，还有爱情，爱情在什么地方都不能忽略，在城市和乡村有着同样的名字，在我的书中，依然要热烈赞颂，至于怎样的开头，怎样的结尾，还没有想好。

比没完没了建房子
更急迫的事

城镇，在城镇中生活，在一个美丽的城镇中演绎生生不息的人间大梦。 还有什么能比城镇化更令百姓感动，令投资者行动，令官员心动的计划吗？

未来十年，一定会有若干美丽如梦幻的新城镇，令人流连忘返；也一定会有无数平庸乏味的城镇，当初建造就是一个错误，令人痛心和烦乱；当然还会有身居其中除了打发岁月别无他用的城镇，让青年人逃离。

谁都不愿意看到后两种情况，但后两种情况一定避免不了。 因为，规划建造的人出了问题，不仅仅是想象力出现了问题，也不仅仅是资金的问题，和清廉勤奋也没有关系，某种素质的人只能做某种素质的事，不可能出现奇迹。

怎么可能用十年的时间，使人的素质突飞猛进呢？ 所以，城镇化规划推迟是个相当明智的选择，为下一代建造美丽家园，为创造梦想布局空间不是简单的事，也不仅仅是顶层设计，中层也要牢固，基层更需要有理解力和必要的能力，否则，再好的顶层设计也是空中楼阁。

还是倾力抓抓教育吧，培育人，普遍提高民众素质比没完没了地建造房子更急迫。

一代人并不见得比另一代人更聪明

我们无法弄清先人们在他们存在的当时，对未来有过的思考，或者根本就忽略了未来，如同我们现在对未来有限度的考虑，并将梦境描绘成蓝图，以便长久地存在下去。

生命中神秘的振动，把某种精神传递到人们的灵魂，进而表现为时代特征和精神风貌，尽管形式各异，却如影随形般时刻表现出来。 而信息技术的突飞猛进，让人们有能力把转瞬即逝的东西保存下来。 在时间拉长之后，人们看到了共性，更看到了差异。

一代人和另一代人的差异在哪里？ 是如何拉开距离的？人们是如何处理不同时期各种关系的？ 物的关系和人的关系哪个更重要？

这些简单而天真的问题，也许永远找不到确定的答案。因为时间和地点将这些问题复杂化了，还有就是对这些问题漠不关心的平庸之辈以及强权的威胁，因此，人们对待这些问题的态度不仅暧昧，有时还颠倒是非，甚至产生错觉。

一代人并不见得比另一代人更聪明。 前人的经验和教训也不足以引以为鉴。 人们的弱点在各个时代表现出了极大的相似性，而优点却成就着不同的伟业。 如果说各个时代都有相同的美好愿望，也许就是人人能够过上好日子。

不过这个愿望不太符合发展的本质，无论是人种还是个体，互相争斗是本能，也是天性，结果是为了获得不平等的地位，历史学家称之为发展。

世界上最危险的地方

医院，世界上最危险的地方，不仅可以消灭所有的激情与梦想，还可以让人彻底安顿下来，远离一切的繁华与喧嚣，雄心远去，情感销蚀。 那些看似精确的流程纵容坏细胞成长，不紧不慢，俨然公道大使，不偏不倚，锤炼着病人的意志，证明坚强绝对是可贵的品质，总有一天会派上用场。

医生的态度，淡漠以及见多不怪的神情，犹如圣哲对待生命的态度：生和死是一样的。 一个情感丰富，痛感神经又极度敏感的人，最好远离医生。

还有天使们，天使们必须穿上白衣，才能引起人们对天使的幻想。 好在，幻想可以让人们暂时脱离无奈的现实。 也许天使们每天行走的路程太多了，在天堂和地狱之间，人世间的路是最崎岖不平的，天使们穿梭于迷宫一般的人间的救生场，在病人和医生间周旋，既需要良好的体力也需要坚强的神经，他们的态度我就不怪了，但是绝对不能打错针拿错药。

医院的附属机构，坦然在医院周边存在着，令人回避却总是映入眼帘，人们宽容大度地接受着所有的现实，匆匆了事然后避而不谈。

只争朝夕，用得着那么迫不及待吗？

面对繁复多样的世界，人们伴随着本能和与生俱来的野性，知道怎样生存，可以暴力、可以掠夺甚至可以强求。 但是人们不是每天都生活在受生存威胁或对生存的忧虑中。 生活，在物质丰富后的时代，每天淡然如水的生活前所未有地考验着人们的心智。

无论是机构还是个人，"忙"更多地体现的是心态。 只争朝夕，人们用得着那么迫不及待吗？ 一代人有一代人的活法，一代人有一代人的快乐。 那些只关乎感受，无关乎物质的体验深存于人们的记忆之中，所谓的苦中有甜，是那个时刻激发并保存了美好；而甜中有苦的滋味是表面的浮华掩盖了什么，是什么呢？ "忙"也许是对"闲"的逃避。

也许，当贫弱的人为果腹愁眉不展的时候，富强的人正为拥有太多感到厌倦。 这个世界整体是公平的，在人生的体验上，某些时候大体平衡。

瞬间闪现的直觉

人们对于事物的认识千差万别，而人们又是如此渴望表达他们的思想，即使说不清楚，还是说了又说。 连续参加了几个座谈会，瞬间闪现的直觉作为备忘：

第一，民主：对于特别重要、具有前瞻性的创新，如果进行民主决策简直是灾难，否则，先知先觉这个词就没有存在的必要，某些时候，独断专行未必是坏事。

第二，公平：公平往往把人们引入歧途，为了一个理论上存在现实中稀缺的词汇，人们完全没有必要花费太多的心思，

　　还不如积蓄能量，在不公平的天平上，增加趋向公平的重量。

　　第三，公正：公正作为自律和追求的理想，完全可以从自身做起，对他人提出公正的要求，如同向他人索要财富，基本是无理的。 但是人们往往在无理的事情上非常认真。

　　第四，公开：公开是非常不必要的一个诉求，尽管人们的好奇心以及监督的欲望在某些时代特别强烈，公开还是适时适度为好。 否则，秘密这个词将从人间消失，而人们的好奇心也将蒙受巨大损失，因为人们的幻想和创造力是由某些秘密推动的。

　　第五，秩序：秩序是那个神秘主宰刻意的安排。 人，作为自然的一部分，只有遵从，无须改造，不能有任何非分之想，否则就是和自己作对，所谓的纲常有序，也无非是强调秩序，除非那个主宰需要变化一下。

　　第六，观点：人们对某些事情要有见解，即使由于水平所限不能恒守如一，某个时期的见解还是需要相对固定，否则就是应声虫。 有意思的是：这个时代应声虫几乎泛滥成灾。 当然，语不惊人死不休的荒谬论调也不少，仿佛头脑中缺失一条神经。

　　还有情感，凡事被情感所困，有两种结果：一是正向积极推动；二是反向消极拖累。 这属于两种状态，至于好不好，很难说，辩证法在发挥着无所不能的作用，思考和论述这个问题，不如早点睡觉，晚安！

**政治经济学家族的
分歧与共识**

所有的政治都要解决一个问题：共识。 足见达成共识是一件多么困难的事。

政治经济学的基本分类以资本为基础，是书读到某种数量之后的感慨。 虽然资本这个词本身，在经济学家和实践者之间也有不同的认识，但作为一种消遣，完全可以不必较真。

社会主义经济学基本上包括马克思的《资本论》，列宁的《帝国主义是资本主义的最高阶段》以及斯大林的《苏联社会主义经济问题》。 年少时被要求反复阅读，除了记住作者基本都是留着大胡子的外国人之外，就是那些充满斗争意味的词汇。 在一个少年脑海中留下的整体印象就是：政治经济学这门学问基本是老年人的专属，充满着压榨与血腥，不如19世纪的英国文学更有趣味。

而资本主义经济学，在大学里见识的那些书比大胡子写的更恐怖。 除了古典与现代的分类之外，很多是由极其复杂的图表与公式组成的，还有就是即使深夜不睡也看不明白的模型，那些整套的理论与各种数据堆积起来的模型，不仅摧残着年轻人的自信，也令人生疑：难道鲜活的现实生活都可以抽象化为图表与模型？

现实的丰富多样以及社会的演进，给读不懂模型的伟大实践者不尽的探索空间，也为政治经济学的发展，提供了广阔的试验田。 政治经济学在时间的长河中，改变着本身的面貌。

政治经济学教科书不是那些非此即彼的专制式教育了，给了人们辨别分析的想象空间。 教材虽厚，内容还是鲜活有趣的，即使严肃也是可以接受的那种。 而这个时代走在前台的大国领袖们，通过各种形式的沟通交流妥协，寻找着比较优美的困难解决之道，塑造着时代独有的风貌。 想起了毛泽东的一句话：下一代领导人会比我们更聪明，下一代的问题留待下一代解决。 这也许是政治经济学的精髓所在。

关于政策打了水漂！

多少房地产政策打了水漂？ 打了水漂又怎样？ 世界照样运转，那些制定政策的人制定政策的热情依然不减，就像批评政策的人层出不穷一样，两厢活的都很有热度，而且不是一般的热，就像房地产的价格热得不得了，几乎要崩盘，却还是有时大张旗鼓，有时悄无声息地涨着，给人们的生活增添快乐和苦恼，当然也不是一般的快乐和一般的苦恼。 任谁也改变不了，在当下。

首先，政策不是万能的主制定的，也不是上帝的意思，佛也无意涉足。 这类问题，它们都不解决，任由人民发挥，或者由代表人民的政府发挥。 虽然政府代表民愿，但谁都知道，民愿也经常改变，况且人民这个词本身也是表面简单，内容复杂。 人民不仅有质朴自然的天性，人民也有随波逐流、趋利避害的天性。 况且对财产的热爱由来已久，除了历史上某几个世纪陷入宗教狂热之外，大部分时期都是热爱土地、财产以及金钱的。

几乎所有朝代的政府都持之不懈地制定政策，政策一代比一代好（用这个词是没有找出更合适的词汇），但人民的需求及心意也一代比一代进化。 这是个难题，况且制定政策的人也在人民之列，也有同样的需求与心思。

其次，赚钱的欲望推波助澜。 银行、客户、各方市场参与者都不甘其后，有些迫于生活，有些迫于虚荣，还有一些迫于挣钱的本能。那些推动历史进步的商人，也推动房地产价格的上涨，当然还推动着很多人们看得见或者看不见的事情。

世界就是这么度过每一天的，总得发生点什么，非此即彼，不能太闲。高尚一点儿的闲可能产生艺术，包括行为艺术或者各种形式的艺术，当然，吟诗作画算作高尚的，但是诗画也分三六九等，就像房子分为安居以及奢华别墅等。关于分类这件事，非常伤害自尊，就像没钱非常伤害自尊一样。但是那些超凡脱俗的伟大人物基本不受此羁绊，一时半会举不出一个像样的例子，好像梵高可以是个有说服力的例子，但是艺术为金钱服务也属于常理，否则就不会有那么多天价艺术品了。有点遗憾的是：人们对艺术品的热爱没有房地产那么持久如一，或者艺术品并没有获得房地产这么幸运，获得普遍的关注和热爱。

最后，水漂的虚幻与魅力。虽然人们热爱房地产并且制定了一条一条的政策，掀起无数个小水漂，无法起波澜。但在助推房地产价格上涨方面还是发挥了相当重要的作用。列宁说过：强调什么就是缺少什么，一条一条的政策一出来，等于又开发了一批新的需求者，派生了一些新语汇，包括刚需、软需之类。房地产价格上涨，助推了汉语言的丰富度，也算是个意外的收获！

慷慨的劝告

无论我们给什么，都不像我们给别人劝告那样慷慨。 人们慷慨地发出各种劝告，修炼连自己都无法克服的人性，说了又说，不知疲倦！

管理者，需要的不是劝告，也许比较粗俗的手段远比和风细雨更有效。 因为管理本身就是一件技术含量不高、艺术成分不足、全身心投入不见得出多大成效的活计。 如果把管理上升为科学，一定是在书房里待得太久了；如果把管理视为艺术，一定是误解了艺术；如果把管理视为工作，就当管理是一项工作吧，管理本身不产出价值，却一直在管理着直接产生价值的人，这也许是对管理的偏见。 这个世界上的偏见太多了，再多一条无妨。

管理，是耳鼻口共谋与人打交道的活计，令人生厌却有可能把工作做好。 没有了管理，人也许会像流动的散沙，任意滑落，盲目游走，不知其始，不知其终。

所以，劝告，劝告担当着管理的重任，人们的慷慨劝告可以认为是：对这个世界尽责，尽管劝告的方式有时甚至能把真理变成了谬误，也算是劝告者的能力或者本事了。

现实中的从众行为

在人们各种有趣的行为中，从众行为算是一种，有时匪夷所思，有时新奇盎然。

人们互相学习着生活，邯郸学步，亦步亦趋。 心怀美好的生活愿望，增进福祉，丰富生的感受。 某些时候，从众行为是最好的顺应之道。

回顾过去，从众购房是一件多么明智而理性的选择。 特别是十年之前做选择的那些人。 其实，没有必要把从众行为抬举到理智和非理智的层面，一些动物也保留着从众的习性。

在对待从众行为时，人们阶段性的判断挡住了视线，部分是由于人本身就是阶段性的产物，部分是人们的关注点此起彼伏，经过一段时间人们的兴趣就发生了改变。

人们应该清楚地知道：关于恒久的渴望是基于人们变化无常的习性的。 但是，如果就此打住就太大意了。 时间，无始无终的时间悄然无息。 面向未来，人们把目光投向未来，理智与盲从，热切与淡漠将怎样地反转，又将演绎怎样的从众洪流？

让爱国心成为理智而持久的情感

"无论做什么，人们只有通过自由行使意志才能产生真正的力量。

世界上只有爱国精神和宗教能让庞大的公民群体长期朝着同一目标前进。

要重燃信仰不能依靠法律，但要使得人们关心国家的命运却要依靠法律。 人的内心有着永不泯灭的模糊的爱国本能，要通过法律唤醒和引导这种本能。 并且，法律使得爱国心与日常思考、激情和习惯联系在一起，使其成为一种理智而持久的情感。

要实现这一点不能说为时已晚，因为国家不像个人那样容易衰老。 每诞生一代人，就如同产生了一个崭新的民族，立法者可对这些新人进行教育和领导。"

爱国，深入民族骨髓的精神。 关心祖国利益像关心自身利益，以国家的荣耀为自己的荣耀，国家的进步就是自己的进步，国家的成就就是自己的成就等等。 这些部分解释了当人们用不同的声音，歌唱祖国，倾心尽力，发自肺腑，令无数人热血沸腾的原因了。

对待这样的感情，怎么表达都不过分，深沉也好，狂放也好。 凝聚的向上精神总是鼓舞人心，任何时候都需要。

三招两式与花拳绣腿

某些时候，三招两式与花拳绣腿也许能把人搞晕，但要遇到真功夫就不灵光了，而遇到需要真功夫的人，就更不灵光了！

能够学几招花拳绣腿，毕竟比赤膊上阵，拿蛮力应招，看着专业一些，至少在形式上是这样。 这个世界重形式轻内容的事情太多了，否则执政党也不会把形式主义列为"四风"之首。

行业发展还是需要真功夫的，真刀真枪比画着，辛苦图谋，才落得个稳健发展，至于持续与否还要与时俱进，适时调整，否则也就是比画几下，混个热闹！

当下热闹的行业很多，新概念、新观点、新手段非常多，看来不得不活到老学到老了。 但是有些概念空耗人们的时间，不学不知也影响不了什么。 当所有人都在谈论一件事，都说一样的话，也就意味着没有思考。 所谓的人云亦云，随波逐流也许指的就是这些。

时间是向前的，历史是变化的。 但是这种变化也是潜移默化、循序渐进的，只要人们有足够的积累（知识和精神等），不论是以不变应万变，还是以万变应万变，都是选择，都可能与时代同步。

但是，花拳绣腿不行，三招两式恐怕也难招架，还是潜心修炼吧！

人们被自己绊倒

　　纵观文化发展的历程，民族与民族之间，文化的各个领域之间，以及人与人之间，都绝对不乏像磁力作用那样难以抗拒和决定命运的接触。

　　一个民族的任何追求都可能促使别的民族做到同样的努力，至少激起他们的好强心："这个我也能做到！"其结果是，每个民族在各种职业的复杂程度上，以及各个职业之间相互交融方面显示大致相当的水平。

　　只不过，我们现在已经把这种同步看作是理所当然的事情。不同寻常个体之间，无论是激励还是激发，通过交流触发人类认识所能达到的极限，是时代的幸事，是一个时代区别于另一个时代的特征，如果非凡集群，就是一个伟大的时代。

　　当然，一个时代如果把买卖房子做到极限，所有的动机都围绕着房子，赚钱成为压倒一切的活动，无论房子多大、价格多高、开发商多么势众，都不能提升一个时代的品质。就像任何的拥有无极限一样，房子越多安全感越低，如果内心那个越来越多的渴望不肯歇息，房子永远少一套！

　　当然，房子可以量化为金钱。人们总是高估金钱的好，却时常忽略金钱的副作用：金钱使人壮胆，金钱也让人心虚，虽然在当代挣钱比任何时候都更容易和更有保障，一旦生财之道受到威胁，一切与钱财相关的良好感觉也将烟消云散。当官亦可类比。

　　人们小心地活着，不是被文化侵染，也不是被道德束缚，国家强力也没有束缚人们，相反国家不停地放权让利于改善民生，人们被自己绊倒。

贸易走到哪里，金融就走到哪里

在这个时代，怎样定义金融？ 贸易走到哪里，金融就走到哪里，以服务的形式出现在世界各个角落，不管是意大利还是中国，或者印度或者英国的某个小镇等。 贸易将世界联系起来，又以文化的形式留存，不管以什么样的形态出现，在交流互鉴中改变着世界的模样，沧海桑田，一代又一代！

无论思想达到怎样的高度，吃饭永远是基本需求，不可改变的基本需求，日复一日。 不知道是不是粮食让思想高尚起来，但粮食确实支撑了很多人高尚的思想。 这个问题是不能深思的，否则将会有很多暴露，这个时代最好的作家刘震云在《一九四二》中震撼悲悯的描述，暴露得残酷血腥。 金融在这个时刻销形遁影，了无踪迹。 金融去了哪里？ 金融总是追逐金钱的气息，出现与消失都是循着金钱的味道。

一个应该得到肯定的事实，却随时被人们回避着，人们总是挣扎在情与理的沼泽地，矛盾着却也义无反顾地实践着。这也许正是人性的迷人之处，造就了无数生灵，诞生了无数故事。

金融专家及其不靠谱的预测

在这个世界指点迷津的各类专家中，金融专家往往令人联想到资金、联想到钱，这样的联想基本就是事实。 金融专家做金钱生意，是不是比普通人更胜一筹？ 一项新的研究成果可能让人们失望了，研究显示：金融专家的预测不如猴子扔飞镖"靠谱"。

据美国《大西洋月刊》报道：在金融领域，专家研究相关课题、密切跟踪市场，因此，人们会认为，他们在预测股市以及其他金融问题时的见解较一般人高明。 真的是这样吗？ 也许并非如此。 对此问题进行了 20 年研究的心理学家菲利普·泰特洛克有如下名言：专家的预测还不如猴子扔飞镖。

另外一个结论更值得参考：没有证据表明，这些金融专家在投资方面的表现优于与他们年龄、收入和教育背景相仿的其他人士，这令人们对所谓专业知识带来多少附加值产生了怀疑。 金融专家在选择股票或分散投资风险方面并没有优于一般人的表现，他们甚至因一些广为人知的行为倾向而遭受损失，例如持有下跌股票和交易过多，或者得出结论：金融专业知识无助于改善投资决定。

是否如此呢，大抵如此。

金融专家如先知般的预测，基本和坊间的流言蜚语一样不靠谱。 当然，这样的研究报告不会影响金融专家的存在，也许存在的更好。 只要人们对金钱的欲望不变，金融专家的职业就会很牢固，即使预测不靠谱，甚至不如猴子扔飞镖。

政治经济学：不老的容颜

政治经济学，与时代生活和发展最紧密的科学，形成于 17 ~ 18 世纪，那个资本的"英雄"时代，在 21 世纪，又展现了新的容颜。 所谓的英雄不老，也许是在指资本。 还能再赋予更多内容吗？ 我看不必了，由于生命的限度、人类的信仰以及那个神秘主宰不经意的安排，资本也有黯然失色的时候。

政治和经济联姻，或者本身就是一体的，那些伟大的思想家把经济和政治高度抽象，还是摆脱不了现实的生活。 是的，经济科学中即使最抽象的部分也同它的根基——物质生产不可分割地联系在一起。 任何时代的经济学家，都是从各自时代的社会生活中汲取资料，发现问题并提出他们的解决方案。 一代又一代，一个学说又一个学说，解决这个世界的阶段性问题。

面对层出不穷的发展需求，面对不可穷尽的人类欲望，经济、商业以及国家治理，需要理论和实践的紧密结合，也需要经济和政治的联姻共谋。 在推动历史发展、避免倒退的征程上，政治要和经济同舟共济。 当权执政者的如履薄冰，意味着普罗大众的福祉安康，从这角度去认识，某些当代所谓的经济学家不仅认识末流，让政府失望，民众亦应该摒弃追随，不必倾力供养。

任性，这个当下比较流行的词汇，可能说明人们的固执己见。 历史中太长信息太多见解不同，足以让意志薄弱的人们任性而为。 满腔热情不失冷静，最后得出令人不愉快的结论，需要怎样的心胸与承载力？ 知其无可奈何，只好任性了。

一次又一次，自然灾害将人类文明拉回起点

无论如何，人类不是环境的友好使者。 有意无意中，人类扮演着破坏者的角色。

那个神秘的主宰普世万物，人类在它的恩泽下生存，却并不感恩，总是走在相反的道路上。 如霍金所言，人类没有得到更好发展的原因是：洪水等自然灾害将人类文明一次又一次地拉回起点。

欲望的无穷尽以及对发展的盲目理解，人们很难耐下心来思考生存与生活。 文明的轨迹记录着人类探寻的足迹，血迹

斑斑，偶有灿烂。 人们并不满足于已有的取得，甚至不愿意多看一眼，总是奔赴下一个目的地，这个简单的道理甚至在小孩子的动画片上都有体现，但是，改变却如此之难，除非那个神秘的主宰动雷霆之怒！

更多，更好，更强？ 不断推高的欲望反复被强化，环境成为牺牲品，而人类却生活在其中，能逃离到哪里去呢？ 无奈相守，是这个时代人们不得不接受的现实。

周末无新闻

信息太发达，即使有新闻，过不了一刻钟也就变成旧闻，进而变成故事了。 尽管如此，人们还是喧嚣不已，把各种各样的凡尘琐事端出来，延伸演绎，考据评说，热情如初来乍到，满是关注和好奇。 当然还有大事，那些和琐事一样众多的大事，怎样的大呢？ 既然影响不了一日三餐，人们并不怎么当真。 人间百态在此达到了一致：忽略、遗忘或者漠不关心。

能够理解那些不能理解的事物，永远是少数人的事。 而那些少数人的事永远关乎大多数人的命运。 自然，以它无与伦比的魅力，散发着令人景仰的气息，帝都的春天，即使到了夜晚，清澈依然，甚至，清澈得令人心悸。 不知不觉，人们倾倒在自然的环抱中，欣然接受季节的馈赠。

世界上发生的所有新闻，都不如季节轮回更令人惊奇，这样的惊奇还可以是：我们从哪里来？ 我们到哪里去这样的经典老问。 新闻，周末的最大新闻是天气骤然升温，暖意洋洋！

影响和被影响，迷人的转换

一个不稳定及不确定的状态，可能令人不安，也可能激发人们从未有过的兴奋。"未知的未知数"，人类一直生活在充满未知、既迷人又恐怖的时间长河中，尽管时间本身静默无声，人类喧嚣不已！

看了一则新闻，又看了一则新闻。

这个时代的新闻如此之多，但也无非是关于生的千百种姿态，以及精神和物质较量过程中诞生的未知等，包括国与家，也包括名与利，还包括深陷其中的男男女女。好在当代大国的领导人一直致力于达成共识，努力抑制着潜伏在人性中野蛮的血液，各种国际会议、交往互鉴都在传达着和平的主题，避免世界疯子的出现。

但是，未知的未来以及经过实践检验的人性，还是给人们带来不安。没有人真正知道未来会发生什么，会发生什么有很多可能的结果，在影响和被影响之间，充满了迷人的转换。也许，业已建立起来的各种体系如同英格兰队的防守，可能比我们认为的更薄弱。

傍晚来临，喧嚣即将过去，未知的未来多数时候一定是以安静的形态出现，不管人们多么躁动、多么不安。

北京大爷范儿！

与和蔼融合的自信，一副举重若轻的悠然，北京大爷范儿！当然不止这些。

第一是声音，低沉亲切，仿佛熟识几辈子，相识太早是亲人。从大哥到大爷，历经岁月历练，渗透骨髓的亲，不能有任何非分之想。人生最不可更改的遗憾，就是相识太早！亲情浓郁终身伴。

第二是态度淡定安然。见多识广后的包容，居高临下又不忘现实生活的点点滴滴，可以吃包子喝白水，种地植树或者点评古今图谋发展。随和安然，却又有那么一种低调的傲慢，拥抱之后必须保持一米以外的距离。敬与畏，亦深入骨髓，北京大爷范儿！

第三是既平常又非凡，帝都气息熏染的硬汉。如同战争年代的骁勇无敌，和平年代的特征是温柔的硬度，不怒而威。说了什么或者没说什么，都让人深思，甚至笑谈也寓意无限。远观近看，思想和魂魄抵达的地方，除了迷恋还是迷恋。

写作是为了追求见识，追求见识的过程也是认识提升的过程。无论如何，北京大爷范儿，给不确定的世界增加了几分踏实与厚重。北京大爷范儿，也承载了人们的期望！

简洁是美德

秋意渐凉，灯光清冷，草木安静肃穆。

感觉随季节转换，仿佛繁华散去留下静默，空旷轻松之感让人盼望温暖，一种感觉散去，另一种感觉升起，大自然再一次赐予人们新奇的体验，不仅仅是欢愉和痛，比欢愉和痛更真切的还有爱与惜，那是隐匿于内心深处的心灵之泉，给无数生灵带来幸福，让世界变得博大，给自己带来和谐，身与心的和谐。

报告足够长并不见得精彩，或者离精彩差远了。拖泥带水的长篇赘述，一句像样的话都没有却不厌其烦，不仅考验着读者的耐心，也暴露着作者的乏味。大家都知道批评人不好，既然批评这个词存在，批评的行为总会发生，只是不要常发生就好了。

删繁就简，简洁是美德。少而精胜过多而杂，简洁避免使人厌倦。所有简洁都会给人带来好感，生活中我们反对啰唆的人就是对简洁最重要的肯定，诸如此类还有房间、空间、衣着、谈吐以及一切处事等等。当然，表现强大威仪等场面越繁复隆重越好，接待朋友客人不可太简洁，否则有轻侮怠慢之感。

荣誉这个东西没有不行，太多了也不行

中国和法国都是有着悠久历史的民族，生活在这样的国度足以撑起人们的自尊心，但也很难骄傲起来。什么都存在过，只有瞻仰、崇敬的份，再搞出点儿原创真是很难，于是只有交流互鉴。

历史上，中法交流互鉴最辉煌的时代，大概是在 18 世纪左右。当时的法国上流社会言必称中国。法国的路易十四时代和中国的清代康熙王朝大致对应，当时法国盛行的建筑以及绘画雕塑风格，均受到中国文化的深厚影响，甚至包括对中国君主制的推崇，对东方君主制的崇拜完全忽略了君主制也是问题一堆。

当代中国对法国的影响也许是开餐馆，当然，这没有考证，算是臆想。 法国对中国的影响反映在日用品方面，包括香水、服装、皮包以及家具之类，凡是虚荣奢侈的品牌，几乎都被法国垄断着。 中国人喜欢说的洋气，有60%以上是指法国，肯定不是埃及或者印度这样历史同样悠久的国家，尽管印度和我们也隔着洋，却没有形成风气。

商品的品质由两部分组成，一是商品本身，二是商品形成的影响力，也就是引起人们的联想。 法国人把这几样东西做得很完美，主要原因还是精神，也就是商品背后的价值。 法国人写的书弥漫着一些非现实的东西，法国人有种种缺点，文化积累太多的民族基本上缺点和优点一样多，也许用特点更合适，比如存在主义作家萨特拒绝领诺贝尔文学奖，就是特点，通俗一点儿就是个性。

荣誉这个东西没有不行，太多了也不行。 怎样把握这个度主要还是看修为，当然修为也不能解决所有问题。 应该采取怎样的态度呢？ 没有应该不应该的，经历了就过去了就是最好的态度。

发言时拿个小纸条，是不错的选择

发言时拿个小纸条，是不错的选择。

首先，各种问题关联，问题变得纷繁复杂，再加上各种不确定性，把问题考虑周全非常考验心智以及能力。 拿个小纸条，谈几个主要观点，最好三点，言简意赅，和听众过得去，就是和自己过得去。

其次，开会是个体力活。 各种各样的会议，仿佛逼迫着人们成为通才。 其实对于每个肉身之躯，精力总是有限的。即使精力过人，一天也不会超过24小时，不能总是节衣缩食般地利用光阴。 休养生息这个成语要派上用场。

　　最后，要接受现实，顺其自然。 午餐解决不了晚上的饥饿，解决了的问题会改头换面，以另一种方式出现。 求全责备，既不能对人亦不能对己，虽然我们都是完美主义者，学会接受不完美算是对人对己的宽容。

　　一次发言能改变什么？ 一定要语惊四座，振聋发聩吗？ 一定要面面俱到，出口成章吗？ 说清楚一个观点就不错了。发言时拿个小纸条，是不错的选择。

描述时代特色是困难的事

　　描述时代特色是困难的事。 一方面身居特定时代的人，忙着生计以及理想很难安静下来，即使安静下来，也会心怀期待憧憬，为践行梦想做着种种考量，或者沉溺于每个时代都普遍存在的吃喝玩乐、蜚短流长之中。 不识庐山真面目，只缘身在此山中。 被时间洪流推着走，被自己的感觉带着走，自主自愿独立前行的是少数人，如领袖、如哲学家，或者游走于民间装神扮鬼的方人术士等等。

　　由此，芸芸众生需要一个国家。

　　好在这个时代的人都有国家庇护着，或者象征性地庇护着。 在日常生活中，人们几乎感觉不到国家的存在，国家这种组织形态已如空气一般，只有危难的时候才能感到国家强力的大手。 当然这取决于国家是否强大，弱小的国家在危难面前至多发出几声低吟，或者依附更强大的国家。 不管怎样，国家作为时代的代表和时代特性的有力体现者，当之无愧。

　　"国家即艺术作品。"无论喜欢不喜欢，任谁也无法否认"国家"是父权社会出现以来最巧夺天工的发明。 一个伟大的瑞士人如此写道。

国家是时代的代表，在于执政者的国家战略、施政理念以及社会治理等比较宏大的问题。 至于百姓的日常起居，吃喝拉撒不过是从微观层面泄露着时代特性，这些特性是否具有时代特色则难以定论。 一如抽烟喝酒品茶聊天，走亲访友，文明社会以来这一套不知其始终，了无新意却代代相承。 新一代的人即使不满怀趣味也是习惯成自然。

有特色的社会主义，是时代特色中最具特色的特色。 庸常人等对社会及其治理、对国家及其战略，对民生及其吃饭，无所不包的评论与指点。 一切均是国泰民安、吃饱肚子之后的产物。 这是最好的时代，马未都说得好。

改变了吗？ 一直在改变着！

无论雾霭烟尘还是晴空万里，时代的气息总是充满新奇、困难以及诱惑，令那些时代的冒险家周身洋溢激情、梦想和努力，开辟人类生活的新征程。

改变了吗？ 一直在改变着！

新常态，本身就是改变。 回归与展望，争论是无意义的，尽管争论可以厘清思想，澄清认识。 但是几百年来发挥作用的都是常理，古今中外，莫不如是。

货币，货币本身并不是财富，真正的财富是商品、企业以及贸易，但经济的繁荣离不开货币。 充裕的货币可以保证充分利用土地、劳动力和企业家才能。 2008 年危机以来，各国政府一直在运用这个简单的道理，也是真理吧！ 凡是简单的道理都是真理的近亲。

信贷，经济发展的动力在于信贷，而不是金属币，特别是那些看起来令人晕眩沉迷的黄金。 "野蛮人的残迹"，凯恩斯如此看待金币，当代金融大鳄索罗斯亦如是。 市场的起伏动荡源于对待黄金的不同态度。 把时间拉长，信贷及其黄金的关系也许没有那么残酷，遗憾的是生命的限度让人们只看到一种结果。

想象力，没有什么困难能够阻挡想象力，人类的想象力就像小天使的翅膀，随时准备飞赴爱人的身旁，这个爱人就是各种困难的聚合体。 困难激发着人们的想象力，仿佛火花总是在摩擦和阻力出现时进发。 看看人类的历史，每到罹难关头，总会出现天才般想象力的应对者，苦难成就着梦想，不屈不挠地行进在开疆拓土的征程上。

狂热，某些时代，狂热会特别突出，仿佛人类狂热的基因突然集体爆发不可收拾。 曾经的狂热在历史书上随便翻翻就可以看到，如法国大革命和中国的"文化大革命"。 近期的狂热是对房地产的热爱，到处都是房子，并且变成投资品和赚钱工具。 对生活不可遏制的追求以及采取合乎时代条件的行动，狂热也是推动社会发展的动力之一，虽然狂热这种情感不怎么体面。

拥有和被拥有，任何时代任何个人都必须面对的问题，这不是一个经济问题，当然也上升不到哲学层面，至多是社会层面的所有权及其结果等等。 在这个问题上辩证法以及相对论都可以解释，其实对待这个问题最好的处理方式还是宗教。科学解决不了的问题，宗教担当，最好用宗教担当，由于生命的限度。

大，被各种关系围绕的世界

被各种关系围绕的世界，由于信息的畅达，了解和理解更困难了。

首先是大。 生活在大国中往往浑然不觉。 从来就有的大，芸芸众生只好关注自身的小，"大"作为追求和谈资，"小"作为守成和生活。 人民生活在大国是充实并且也是困难的。 没有一条律诚可以束缚所有人，文化呈斑驳之象，管理事项纷杂，需要非同寻常的驾驭能力。 处理民主和集中的关系，需要特别的能力。 在这方面，共产党做到了。

其次是复杂性。 复杂的根本原因还是因为大。 南北差异、东西差异、风俗差异、语言差异以及不得不面对的文化和经济水平差异等，众说纷纭，莫衷一是，民主协商的政治制度应运而生。 每年的两会代表云集，本身是非常不简单的事。不要对与会代表苛责，代表的选举本身是件难度很大的事，方方面面，面对如此庞大的人口规模，把代表选出来，本身是需要魄力的。 没有被推举的人要包容开阔，没有把那份沉重的责任推给你，安分守己地恪守职责也是贡献。

最后是数据。 借用一句话：美国人说中国是新闻记者的天堂，统计学家的噩梦。 中国国家大，事情多，老百姓聪明，乱七八糟的事特别多，新闻报道天天有好玩的事，轮到数据则变成所有的数据都不好统计。

其实数据这东西除了搞精密研究，对老百姓的生活没有什么太大意义。 大到国家小到家庭，太清楚了一定是小或者少，直到哪一天搞不清楚多少，则说明大了。 考虑数据之外的事情，是大国国民的特点，各种各样的关系、人情世故、文化、哲学、自然等等。 所以在大国，老百姓的生活特别充实，可以关心任何想关心的事，上到天文，下到地理，自己的生活倒可以不怎么精细。 看看世界上各国人们的生活，小国都在讲精细，大国人民则大而化之，雍容大度地生活着，态度怡然。

我们可以不知道什么？

当然，我们可以知道任何我们想知道的信息，过去未来以及正在发生的，真真假假、虚虚实实，萦绕在我们的头脑中，知道了一些，不知道的更多，了无穷尽。

我们没有未来，但是我们拥有对未来好奇的天性，比较浪漫的词语叫作梦想，现实一些就是期待，超越当下的期待。当然我们还有其他天性，在所有的天性中，大而化之的天性更具生存意义，和大而化之相近的是遗忘。 这个世界上的事情一桩又一桩地发生着，循环往复，如同春去春又来。 大而化之平复着种种焦灼与期待，过去了就过去了！

是的，酒足饭饱并不意味着四个小时之后不饿，上一代人积累的经验下一代人还要重新实践。 我们可以不知道我们知道的一切，如果我们能够接受这样的自己。

但是，我们已经习惯给未知披上迷幻的罩衣，并为此心醉神迷！

一切正当的职业都是高尚的

在民主社会，当平等像空气一样深入人心，人们就不会有对工作高低贵贱的区分，虽然人们的天性中，把职业分成了若干层次，这是一个需要把认识提高到相当的高度，才能解决的问题。 当然，这样的高度并非不能企及。

劳动的光荣以及高尚，通过劳动以及劳动产生的报酬，既是个人能力的体现，也满足了人们牟利和虚荣的动机。 人们都是通过出卖自己的劳动获得报酬，领导者通过发号施令，工人依靠出卖体力，或者既出卖体力又奉献智力，农民把时间终年消耗在田间地头等等，虽然各行各业存在差异，但总体上是相同的。 即使那些食利者，也把他们的金钱放到各种各样的金融机构，在风险缭绕的时间限度内，耐心地等待增值。

职业高尚的特性是从理论上把人们的地位拉平，都需要劳动获取报酬，休养生息。 荣誉和利益紧密结合，求利的欲望与求名的欲望相互融合，或者干脆融为一体，成就着欲望与梦想。

至于是否会衍生其他问题，一定的，这个世界的所有问题都不会就此打住。 至于会引发什么问题？ 要看思考的角度以及思想的流向了。

评价时代是困难的，如同评价一个人

时代风貌，是一个时代人们共同的记忆，无论我们赞成还是反对，抑或漠然视之。克罗齐说："一切历史都是当代史。"生活在当代的人共同塑造着时代，成为后人的前世，成为我们的今生。

评价时代是困难的，如同评价一个人。

对于时代的评价要适度，而如何做到适度却非常人能及，所以各种偏颇杂论遍布尘世，到处是分歧与怀疑。人们发表着对生的理解，人们热爱着生存与生活，人们并没有停留于此，人们还有更高的追求，理想以及信念等等。人世间的千百种姿态，犹如自然界的千百种奇观，在成长与衰落的周期中循环。

读了一篇报告，又读了一篇报告。我被一行行文字和图表感动了，不是因为这些文字的深情厚谊，而是长篇累牍枯燥的表达。这些文本背后的人们，花费了多少时间只为陈述一个被忽略的事实，在历史的烟尘中无足轻重的事实！

都需要表述吗？一件又一件事实与真相；都需要论证吗？那些逝去的岁月；都需要理解吗？反复发生的人间故事？

是的，都需要。表达，既是人的天性也是生的乐趣，人们在表达中记录着时代，时代风貌也许就是这个时代各种不同声音的聚合体，众生喧哗，不独此时。

心怀悲悯，避而不谈

2015 年 6 月末 7 月初，未来的某个时刻，当人们回忆起股票市场的惊心动魄以及财物损失的触目惊心，也许仍然不免要归咎于人性的贪婪与恐惧。

为什么要谴责人性的贪婪与恐惧？ 让那些遭受财物损失的人自谴自责？ 物质损失的痛以及精神磨难的苦，难道会改变千年传承的人性？ 一次财物损失会把恐惧与贪婪从人的天性中一笔抹去？

即使千百次地摧残，人们还会乐此不疲，一次又一次，一代又一代。 就像面对任何困难，人们是如此健忘，又是如此乐观，承载着千年不变的欲望盛装出行，压不倒打不垮，生生息息。 这样不是很好吗？

贪婪是欲望的极点，不过是过分而已；恐惧是欲望的低谷，不过是消沉而已，在这两者之间，人们可以尽情发挥，不是左就是右，飘忽不定，努力寻找着平衡。 有什么不一样？普遍的人性到处都一样。

如果我们心怀悲悯之心，最好避而不谈；如果我们对未来心怀期望，最好整装待发，在时间的旅途中平复，开启新未来，尽管未来又是一次充满不确定性的跌宕起伏。

人们的所爱与所惧

祭祀变为节日，中元节意味深长。

查看各地关于中元节的习俗，犹如翻阅绵长的历史书籍，多样而厚重，祭祀也是文化的一部分，有怀念也有寄托。 绵延不绝的故事，历史的戏剧从来没有结束过，仅仅是不同时代的人陆续登场，又陆续离去，演绎着生生息息或繁华或苦难的人间大梦。

中元节儒、释、道三教合流，这个古老的本土习俗承载着丰富的内容。 祭祖先、荐时食的古老习俗不断演变，并逐渐融合不同时期的内容。 据传在民间，抗战胜利后，有些寺庙增加祈请佛力普度"抗战阵亡将士"英灵，可谓是古老习俗与时俱进。 从今晚楼宇路边忽明忽暗的闪烁火光看，仍然有人记得。

仍然有人记得，是值得欣慰的事！

思想，"至高无上的精神存在物"占据着人们的灵魂，而情感强化着思想。 某些时候，人们的所爱与所惧根本就是一回事，无论承认与否，宗教及其宗教情结总是存在的，不过有轻有重，时轻时重而已。

记忆和情感，人身上的两项重要内容，在习俗的传承中强化着，不断强化着，成为某种特定的人，特定的人群，特定的人类，即使忽明忽暗的火光易逝，年复一年的重复却也延续着；即使是在城市楼宇街道的角落，却也有着存在的空间，并且寄托着不言的情感及怀念。

英雄及其英雄精神

英雄及其英雄精神，任何时代都需要，甚至我们每个人，在某个特殊的时刻，潜伏在体内的豪情激发出英雄精神，让我们离英雄的距离很近。 尽管我们中的大多数不可能成为英雄，甚至多数时候，我们离英雄及英雄精神相去甚远，仅仅作为芸芸众生中英雄的仰慕者存在。 但是，我们还是从心底渴望英雄及英雄精神在这个世界上永存。

是的，我们离不开英雄，更离不开英雄精神！ 就像一个无法说清的谜！

也许，作为阶段性存在的产物，我们需要一种英雄精神，激励我们从生到死满怀英雄主义豪情，勇敢地面对艰难困苦，甚至离别。

也许，即使在幸福的时刻也要记得征战骁勇是生命的主旋律，防止温柔入侵，防止懈怠入场。 人生是需要激励的，唯有英雄及英雄精神，让生命的活力得以延续。

也许，沉溺于安逸太久，需要英雄主义的雄风，涤荡一切的萎靡之气，如同春天的暴风骤雨催生万物，如同冬日的白雪皑皑，给大地以纯洁的衣裳。

也许，不需要太多的也许了，英雄是时代的先锋；而英雄精神是我们这个世界最瑰丽的风采，只需要敬仰，只需要膜拜！

自由被赋予太多的涵义

自由被赋予太多的含义，就像这个世界上的任何事。

"在民主国家里，人们仿佛愿意做什么就做什么，这是真的。"然而，政治自由并不是愿意做什么就做什么。 在一个有法律的国家社会里，自由仅仅是：一个人能够做他应该做的事情，而不被强迫去做他不应该做的事情。

但是，自由往往离不开权利，某些时刻，自由和权利几乎是一体的，无论怎样区隔，自由和权利总是相伴而行，建立着属于它们自己的奇异关联。

如果，情感出现会是怎样呢？ 就是现实世界的样子，或者任何风俗画家所描绘的样子，或者任何二三流作家描写的样子，但绝不是一流艺术家所表现的样子。 现实世界，任何时代的现实世界离一流艺术的表现都相差太远。 这个差距人人皆知：就是理想与现实的差距。 情感犹如神秘的平衡力量，消弭着一切看似清晰的规则和尺度，同时却也鞭策着人们追求、跋涉在现实通往梦想的道路上。

但是人们没有因为道路坎坷而放弃追求，也没有亏待自己，相反，更爱自己了，甚至不会放弃任何令自己快乐的活动，至于是哪些活动，看看人们的吃喝玩乐以及日常行为，看看人们的雄心以及梦想，就知道了。 在享受现世的快乐方面，没有哪个族类像人类如此穷其心智地追求着，快乐着，并且把快乐发展成为一种文化。

在太平盛世，研究自由是没有意义的，不如花费点儿时间考虑：如何约束对自由及其权力的渴望，心怀圣念过好平凡日子，或者拥有平静，过得起平凡的日子。

哪个时代没有
精彩和荒唐呢？

　　尽管我们反复强调全面统筹可持续，但是由于我们自身的局限以及阶段性和相对重要，我们总是被自己击溃，反复验证着千年传承的常理：好了伤疤忘了痛，或者好了伤疤记住痛。

　　没有什么可奇怪的，只要我们还吃五谷杂粮，对于伤疤的感觉永远是这两种。 这两种态度不仅适用于日常生活，也适用于资本市场，以及任何飘摇不定的市场，包括黄金、外汇、信托以及人类想象力创造出来的任何市场，等等。

　　回顾过去，也许不是为了展望未来，很可能是对于存在的验证、对行为的反思，对自己的肯定和安慰。 从哲学家的观点看，我们是没有未来的，尽管我们采取坚决回避的态度、用激情和梦想装点着那个未来，然后用理性和情感包装，用无尽的琐碎让时间变得绵长，至少是感觉上无限绵长，并且不厌其烦地充实着各种是是非非⋯⋯

　　原谅这个时代的各种喧嚣吧，也原谅各种浮躁！ 原谅这些热爱生的精灵，他们忘我地投入时代，挥霍着他们的时间和精力，创造着时代特色，为时代留下独特的印记，张扬着这个时代人们对生的见解和认识，或精彩或荒唐。

　　哪个时代没有精彩和荒唐呢？ 伤疤好了痛还在，是最大的痛！ 还是忘了吧！

看似纷纷扰扰，
其实寂静无声

一切很快沉寂下来，大自然以其雄浑默然的态度，注视世间万物，就像今夜的月色以及云朵，散发着惊异绮丽的幽光，照亮了城市的夜空，也照亮着芸芸众生。

没有什么可忧虑的。

忧虑的诞生源于人们对这个世界的留恋，或者尚未尽兴的爱，或者期望持久地体验这个世界，最好有始无终。生存在土地上的人，千般留恋、万般努力却过不好平常的日子，也许过好平常日子很难，也许真的很难吧！

那么多的房子，后代怎么处置？那么多的车辆，永远停在路边，视野所及除了房子就是汽车！

那么多的老人，那么多的孩子，养老院与幼儿园，让青壮年为了人类的命运背负前所未有的重负。

如此的图景历史上也许有过，只是我们没见过。历代作家充满悲悯的情怀基本都用在了世情冷暖、战争以及情感方面，对人口学以及人类延续这些宏大的主题，从未涉及，或者不屑提及。从文学和历史的角度看，人类延续这等大事根本用不着担忧，只要男人和女人存在，就不是问题。至于其中发生的千百种故事甚至传奇，正好体现着时代特色。人们当下的忧虑可能是那些曾经的时代先锋盛年不再，发出了群体忧伤，并且无限地放大，传染给了同时代的人们。

确实没有什么可忧虑的，一代圣雄远去，新一代英雄崛起，只要心怀生命不死的英雄梦想，这个世界依然是一幅喧嚣繁荣景象。芸芸众生，只需过得起平凡日子，只需在纷纷扰扰中保留一份平静，并且能够与平静和睦相处。

离土地那么远，却和伟大的土地扯上关系！

地产？ 我从不认为离土地超过十米以上距离的地方叫作地产，至多叫作居住空间，或者法律上的土地附着物。

离土地那么远，却和伟大的土地扯上关系，并且带着发狂的态度不停地建造售卖，简直是当代奇观，总有一天成为后代的笑柄并给后代带来遗患。 至于后代是否耻笑，看看我们当代人是怎样对待前辈的生存及其生活的，多少成为沉寂的喜好现在看起来是荒唐的，后人的敬意一定不是某个时代的狂热，不管是对物的狂热还是某种类似发疯的精神狂热。

跋山涉水为了几间房子；省吃俭用为了投资理财，堂而皇之把房子当作投资品，简直是愚蠢的发明，就像这个世界所有看起来聪明的愚蠢一样，把绿地变成砖瓦灰砂石，把村庄变成工场，把广场变成停车场，蜷缩在楼宇之间挥舞肢体进行所谓的锻炼等等。 过度的精力以及投入，在给这个时代装点特色时，人正变成时代的祭品，被空间裹挟，被金钱奴役，被似是而非的观点分散精力，让仅此一次的生命沉重不堪。

严肃没有了，被戏谑取代；痛苦没有了，被自嘲顶替；骄傲没有了，陷入没有止境的比较，也许，也许，伟大而高贵的心灵正在被世俗侵略，侵占，或者沦陷。 土地，把人们固定在它伟大的胸怀，世世代代给人带来恒定感觉的土地，演绎着属于这个时代的故事。

金融江湖以及财富幻象

财富幻觉加上各种增值的妄想，成就着 2015 年的各种金融幻象。

新词语装点下的各种金融创新以及超发的货币，不断地易手辗转直至以惨烈的方式消失，金融生态系统演绎着看似独特其实平常不过的生态平衡。

金融江湖高手如云，让原本简单的事情变得无比复杂，就像一个单纯的想法经过无数的演绎推理，可能变得面目全非。金融既然是经济的核心，一定要讲规矩、讲秩序，按照金钱的本能和习惯去管理、去驾驭，甚至只能是少数人的事。管好一张纸，犹如治理国家，难在既讲方圆又讲规矩，并且遵守者众，管理不能失控。

金钱喜欢寂寞也许是老生常谈。当金钱开始过上喧嚣的日子，只能说明金钱到了不应该去的地方。当人们还没有掌握驾驭金钱能力的时候，就不要拥有太多，否则某种看不见的平衡之术也会将其断然平衡掉。再过 10 年，今天的故事也许可悲可笑。当然，再过 10 年也许上演另一部大戏，脚本不变只是换了演员。

无意评价成败得失，各种结果在现实中真切地存在着；也无意做反省或者经验教训之类的总结概括，历史上的总结概括可谓多矣，每个时代还不是上演着雷同的故事？只是希望现实中的人少些拖累多些洒脱，过好寻常日子，不负光阴。

所有的修为均始于喧嚣

　　泡沫催生了多少奇思冥想；奇思冥想又催生了多少泡沫？一切随着时间烟消云散，一切又随着时间诞生绵延。 思虑太多是无意义的，不如心无旁骛地在十里长街徜徉，或者下厨熬一碗清汤，当然魔鬼辣椒羊肉也可以，迎接新年，遗忘跌宕起伏、喧嚣不已的金融江湖，或者任何江湖。

　　洞察整体不需要锤炼，只需要天赋，主宰唯一随从遍地。虽然人类探究的天性以及好奇亘古未变，但是人类生存的吃饱穿暖也亘古未变。 春节把人拉回现实，而伴随春节的一系列规矩和礼节更是平复着梦想、幻象以及妄想。

　　那些灯笼、那些歌舞、那些驱赶鬼怪的鞭炮烟花无不昭示着年是关于生存的节日、关于生活的节日。 理想主义需要冷静，浪漫主义需要安歇，而悲观主义则需要在家长里短中感悟人情世故。 让端茶倒水迎来送往驱散悲观，或者根本不给悲观出现的机会。 送客之声不绝于耳刚好锤炼修为，所有的修为均始于喧嚣，喜欢寂静多半是修炼未果的逃避。

　　本来想购买关东糖，却在长安街徜徉；本来要吃烤羊肉，却只喝了一碗汤；本来要论述金融江湖的未来走向，却对过年发生了兴趣，总是把不确定性挂在嘴边，当不确定性变成现实的时候，可以接受吃肉，也可以接受喝汤。

长期向好，
短期珍重！

当金融江湖的各种指数上蹿下跳，不确定性教育着普通人的风险观：只有变化是恒定的，稳定以及恒久作为伟大的追求是梦想，是人类世世代代的梦想。历史地看，人类筑梦也碎梦，循环往复。

但是循环往复却并非同一重复。在一个不可逆的历史过程中，和时间有关也和时间无关，时间并不负责留存彼时彼刻，也无意留存此时此刻，甚至所谓的货币时间价值也充满了人为操纵的痕迹，是人们思想甚至愿望的表达，当然包括希望和失望。

这个时代的人也许普遍患病，金融饥渴症，对各种投资充满迷恋，对收益率情有独钟，对风险视而不见，对生活不现实的期待以及无休无止的虚荣，而最需要情感滋养的地方，却冷静现实如财务专员，斤斤两两折算成各种财务数字。

如何理解资本市场以及世界各地的各种市场？在这个喧嚣的世界上，真理和谬误一直相伴而行，谬误占上风时谬误就是胜利者，不过是以人们相反的预期存在。折腾够了恢复平静酝酿下一次的荒唐或者辉煌，是常态亦是常情。只要这个世界依然存在，只要世界各地的领导者们一直在坚定人们的信心，各种市场的使命尚未完成，长期向好，短期珍重。

坚定信心
从无到有

　　经济和金融，这两个翻云覆雨、兴风作浪的领域，相互牵扯、绞缠可谓久矣，无论是过去的一年，还是未来的一年以至若干年都不会太平静。　资本及资本主义在不同意识形态的国家，几乎取得了同样的胜利，而不同意识形态主导的国家主权仍然界限分明，也应该界限分明。　谁来协调国家主权与利益？　拉加德说现在是处于需要全球合作的时刻。　但是这个合作本身充满了不确定性。

　　首先，在财富创造方面，资本是逐利的，并不考虑公共利益以及民生福祉，民生福祉是政府考虑的事。　经济的稳定与繁荣依赖商业活动，而商业活动是由利润驱动的。　市场参与者的竞争无论使用多么冠冕堂皇的词汇，都摆脱不了竞争的残酷，关于这一点只需看看全球资本市场的血雨腥风。

　　其次，关于预期与管理预期，政府或者公共机构可以大有所为。　人类是没有未来的，或者人类未来充满光明，带给人们的感觉有天壤之别。　作为个体的人都希望生之征途充满光明，良好的预期可以纠正无数偏见，即使充满真理的偏见也会被人们的乐观情绪淹没。　世界需要一个领袖，心中需要一个神圣，无非是坚定生活的信心，坚定信心可以从无到有。

　　最后，在价值及价值观方面的问题及其干扰。　价值是简单的，经济价值无非表达了交易者为了某件东西愿意付出的货币数额，但是价值观要出来干扰，不喜欢或者看不上，不理解或者时过境迁都会阻挠价值的实现。　从这个角度理解管理预期并非易事。

　　大千世界，众生纷纭，人们对资本的热情不减，关乎经济和金融的江湖就永远不会平静，永远为这个现实的世界演绎各种故事，忽而喧嚣异常，忽而寂寥无声。

时代需要雄健的精神

大自然以其恢宏无边的气息，催生万物。 各种植物舒展萌动，大地悄然开启着新的轮回，推动着春天来临。

时代需要雄健的精神，时代需要向上的力量。

迎春花蕾娇然欲放，而那些被梦想驱使的男人们开始了新的征程，无论是雄心还是梦想，无论是善意还是张狂，破土而出，庄严的、野蛮的、挺拔向上，迎接阳光，塑造自己，铸造未来。

一个悲观主义者看到了太多的问题；

一个乐观主义者永远充满笑意；

一个理想主义者的眼中只有未来；

一个英雄主义者忘我无羁！

有什么问题吗？ 有什么要紧呢？ 时代迈着自己的脚步安然前行，不快也不慢，春去春又回，一切安然！

不要责怪某些疯狂，任何时代疯狂一定都存在，否则疯人院这个词汇不会被列入各类辞典；不要责怪人身上的各类问题，人类身上的各类毛病和优点一样千古长存，不会随着科技的发展而退化，而很有可能被放大；当然也不能总是怀揣批判的态度，如果非得要做一个批判现实主义者，还是从自我批评开始。

时代的刀光
剑影遁去之后

时代在时间的河流中缓慢前行，一切都在变！

是的，一切都在变。 无论是风华绝代还是平凡庸常，时间在按照自己的节奏行进，而我们的感受却有时快有时慢，一切的急迫与缓慢仅仅是我们的感觉。 面对大自然的按部就班，有欣然，亦有愤怒。 一直在探寻，理解了却又忘记了！

时间如此虚度，宏大的理想与现实的琐碎共同构成虚度的光阴。 春光明媚花红柳绿的春天催生着无数梦幻，你的微笑是梦幻中的梦幻，看了又看，忘记又记起，仿佛乍暖还寒，仿佛春去春又来的花期。 不必在意忧伤以及得失，某些时刻这些感觉需要从生命的感觉中剔出，仅需记得爱，一往情深。

看看昂扬向上的枝桠，看看即将怒放的花蕾，环顾周边的喧嚣以及泪眼朦胧还有誓言，生命意志昂扬向上，黄昏之后是清晨，一个充满阳光的清晨！ 既然时间无所顾忌，生命又哪来那么多的禁忌？

种种谦卑与恭顺，种种不羁与狂放，都是一种状态，原野中的清风以及飘浮的沙尘，自由粗放，自然而野性。 请接受你无知孩子的一切吧，生的千百种姿态，既无足轻重又珍爱异常。 时代的刀光剑影遁去之后，爱与惜将恒久不绝，统御众生。

那些诗歌

你是我的眷恋！

你是我的眷恋！
不能离开
永远不能离开
如清晨的霞光
如傍晚的天色
在如织的人流中
甚至雾霭，甚至烟尘
也不能阻挡

你是我的温暖
唯一的温暖

所有的看不见的眼泪
所有的看不见的忧伤

你是庸常生活绚烂的花朵
是激情
是欲望的光芒
是爱与痛与惜
我不能独自承载
你必须在
与我同在

为你而来

跨越山水的期待
为你而来，有备而来！
这期望中的期望
热爱中的热爱
在山岚中飘舞

梧桐以白雪为衣
变换了装颜
道路静默不语
展开宽阔无尽的胸怀
听，那和谐的旋律

只为一个人奏响

我们是时间的孩子

看，那天赐的雾霭晨曦

有时顺从，偶尔叛逆

搭起隆重的幕帐

步履匆匆

有约更好

为你而来

不期而至更妙

只为接受命运的安排

像月亮与潮汐的默契

我们是浪漫主义的后代

在冷风中追逐

像河流对大地的深情

与飞雪共舞

像月亮与潮汐的默契

我们是现实主义之子

梦走过的地方

在雪天犁地

也留下爱的气息

在风中播种

天高地远，岁月无痕

我们是梦想的追寻者

我们，深入其中

奉承先人世代相袭的使命

心怀岁月不老的英雄梦想

在误解、孤独和掌声中前行

让热忱拥抱真诚

为了深爱的人

把梦留住，

如同心中最美的风景

留在心中

为了深爱的人

播撒在土壤里

自由地生长

为了深爱的人

自由地绽放

时间也会放慢脚步

最美的梦之花

悄然安排

如同繁星

未曾约定的相见

如同河流

未曾谋划的未来

如同黑夜等待曙光
如同寒冬迎接春天
那一时那一刻
花朵展现阳光般的笑颜

时间变成了牵念
牵念变成了甜
梦留心中

曾经的英雄意志

夜之寂静
匿藏着痛苦的怪兽
磨蚀着脆弱的心灵
而心灵已被诱惑
诱惑至迷幻的山巅
曾经的英雄意志
被遗弃
被拾起
仿佛一个人的舞蹈
旋转、沉寂、雄起
永远不会落幕

在痛中自我追逐

美德蕴于痛
因渴求而神圣
因神圣而战栗
越来越接近
当幸福摆脱妄想
美德在黑暗中
悄然生长
那个痛苦的怪兽
将变成天使

爱一定未眠

挥手,不是为了告别
而是为了相见
再一次相见
深夜,灯光闪闪
耐心地等待
如同一个孩子
等待童话降临

仿佛深夜对不安的慰藉
仿佛灯光对繁星的敬意

我想,
爱一定未眠
即使人们都已睡去
那些奔腾如涌的思念

那些静默无语的爱恋　　　　都会驻留

任怎样地挥洒　　　　　　　在空中弥漫

任怎样地肆意

黄昏，发出盛情邀请

黄昏　　　　　　　　　　　深邃的天色仿佛在低语

发出盛情邀请　　　　　　　更像是叮咛

梧桐静默不语　　　　　　　自由和孤独是孪生子

百合花献上浓重的芬芳　　　这盛情之约

迎接一个勇敢者　　　　　　仿佛生命的时钟

永不倦怠的追寻　　　　　　蓬勃跳动

还有一个生命　　　　　　　深远无际的过去以及未来

对另一个生命的好奇　　　　临风摇曳，与礼花飘舞

以及怜惜，以及敬意　　　　共同奏响生之欢歌

　　　　　　　　　　　　　那些恒久如初的期待

我要留下来　　　　　　　　在空中绽放

接受傍晚的天光　　　　　　此起彼伏

接受岁月的慷慨　　　　　　永不退场

我们都做了什么，你可以问问时间

我们都做了什么　　　　　　我们都做了什么

你可以问问时间　　　　　　你可以问问时间

你可以问问飘扬的风尘　　　青春的骄傲和专注

也可以在朝阳中　　　　　　未来也不会改变

或者星空下　　　　　　　　阳光普照每个孩子

倾听时钟的嘀嗒声　　　　　有时慷慨，有时偏爱

我们都做了什么　　　　　　　刚好，看到同一处风景
你可以问问时间　　　　　　　我们，我们都做了什么
百合和郁金香联袂开放　　　　我说不上来
我们刚好见到姣妍　　　　　　你可以问问时间
刚好谦逊地注视

爱是一种态度

面向未来　　　　　　　　　　爱是一种态度
春风拂面的傍晚　　　　　　　你我的态度
或者壮观的晨曦　　　　　　　承载着生的千般诗情
冬天出现的，春天也会再来　　承载着春风化雨的重望
玫瑰和苍兰如期绽放　　　　　承载着无限好
恪守恒久不变的诺言　　　　　从过去到未来
　　　　　　　　　　　　　　有爱无憾

哲学的教条：寻找心灵的和睦

哲学的教条　　　　　　　　　或者换上创新的外衣
在夜晚闪烁诡秘的光芒　　　　或者信以为真
照亮或者遮蔽　　　　　　　　假是真的先机
缓释着痛苦，消解着快乐　　　真是假的梦碎
寻找心灵的和睦
如果和睦在某个时刻被需要　　哲学的教条
　　　　　　　　　　　　　　倾倒在自己的怀抱
而更多的时候是遗弃　　　　　没有胜利，也没有失败
千百个理由堆积起来　　　　　时间绵延
仅仅是逃避　　　　　　　　　空间绵延

既熟悉又陌生

花木静默，承载着雨的重量　　时而激荡勇猛
承载着昼与夜，昼与夜的更迭变化　时而颓废异常
以及四季轮回
时间苍茫前行或者倒流　　　　被优美旋律击垮的那一刻
总是顺从，总是沉默　　　　暗夜肃穆
总是如此既熟悉又陌生　　　　原谅着世间的一切荒唐
　　　　　　　　　　　　　　我看见花木依然顺从着
我理解的爱如此静默　　　　沉默安然
我理解的痛如此静默　　　　模糊着所有的是非喧嚣
在我荒芜的感知世界　　　　既熟悉又陌生
充满了太多的雄壮和悲凉

即使懂了也会犯错

清澈寒冷，涤荡着一切雾霭烟尘
所有的凛冽刺痛　　　　　我们这些属于土地的孩子
直白无羁　　　　　　　　大自然的匆匆过客
远处诡秘的灯光以及高悬的星辰　虚妄以及潜伏的激情
昭示着爱　　　　　　　　承载着太多的故事
也昭示着痛　　　　　　　即使寒冷，即使凛冽
　　　　　　　　　　　　涤荡着，消弭着，复生着，周
如果记得爱　就不要遗忘痛　而复始
如果记得痛　就遥望远方　即使懂了也会犯错
或者回到故乡　　　　　　时而痛彻心底
亲近大地　　　　　　　　时而轻抚无痕
亲近大地的冷暖安详

致谢遗忘

雾霾中的假期

过往多少年

多少年，多少日

我们记住了什么

忘记了谁

遗忘

给记忆开拓空间

当下以及未来

狂热的梦想

快乐与苦痛

遗忘在风中

伴雾霾风尘飘散

一定是忘了

深深的遗忘

犹如深深的记忆

在遗忘的那一刻

一切尚好

山高水长，乡愁
是不尽的依恋

乡愁，是游子回家的心愿，是少年的相思，是暮年的回忆

乡愁，是日月轮回不变的季节，是飘零的伤感，

是期待憧憬和展望

山高水长，乡愁是不尽的依恋；

征程漫漫，乡愁是不断前行的动力源；

有时柔情似水，有时豪情澎湃！

记得乡愁的这一刻，情深似海；

遗忘乡愁的那一刻，壮志满怀；

紧握的手，乡愁是亲；

凝望的眼，乡愁是爱！

大地如此平静，月亮如此清凉，

喧嚣冲淡着乡愁，也凝聚着乡愁

南来北往的异乡人
把食物做成月亮般圆满
把生活装点如中秋般丰盈
这月亮，这夜空，这歌声
世间美好的期待，在中秋，在中秋之夜！

**所有文明落
脚的地方**

这蓝天，这白云，
这山林，这湖水，
所有文明落脚的地方，
都盛开着鲜花，飘散着炊烟；
所有文明到达的地方，
还有溪流淙淙，
还有鸟语轻盈，

还有人间的欢爱！
我被感动了，夕阳浓重！
我被感动了，风轻月明！
太阳和月亮相遇，为初秋涂抹
异样的色彩
物我两忘，山水独秀。

**既为爱，
又为痛**

浩瀚无际的星空
伟大的星辰与微小的尘埃共存
彼此照耀，彼此印证
印证彼此的存在

没有什么可担心的
你的存在是我的价值
我的存在是你的见证

没有什么可孤独的
你的孤独中有我的牵挂
我的孤独中有你的关切

某时，某刻
我们为同一种感受伤怀
或者欢娱

既为爱，又为痛
为世间留下情感之痕

给人间的山河岁月
增色生辉！

你，骄傲过吗？
那曾经的盛年

尚未坠落的树叶以及阳光
犹如骄傲，犹如虚荣
犹如世间所有的匆忙
回忆着过往
怀念着逝去

却低到迷失自我

低到看不见的地平线
低到幸福来临
低到仿佛看不见的顽强
像冬天依然在树上坚持的树叶
像夜晚静默等待绽放的花朵

你，骄傲过吗？　那曾经的盛年
你，虚荣过吗？　那无知的青春
释放多余的精力，甚至情感
慷慨无度却不以为然
最高的情感力量

岁月承载着你
你充实着岁月

端茶倒水
绵延的宴席

像个学着讲话的孩子
说了又说
不停地表达
像个初来乍到的过客
探寻着张望
迷惘也新奇

台前幕后催促着
有时轻声慢语
有时脚步迅急
突不破
似水流年账簿般的清单记忆

端茶倒水绵延的宴席
送走一批又迎来一批

类似的英雄豪杰
分明的差异分歧
都接近真理

却有着十万八千里的距离
你们讲的我都同意

下面谈另外几个问题

**繁华与落寞都
是你我的锦绣**

冷些，再冷些
冰冻三尺之后的狂风暴雪
才有了冬天不变的气息
才有了冬天的刻骨铭心
才有了关于温暖的向往与渴望

我说过吗
喜欢冬天的味道
我说过吗
繁华与落寞
都是你我的锦绣

我做过吗
只有冬天的舞蹈
才跳出火热的性情
属于你我的欢颜

没有追问的追问
依然热爱着冬天
没有结果的结果
比任何时刻都好
一直如此吧

**最宽弘的温情
放弃了追逐**

最宽弘的温情
放弃了追逐
留下耐心和虔诚
犹如落叶对冬天的膜拜
犹如雪花对大地的依赖
犹如赤子之心

坏脾气要改一改
冷静要改一改
激情也要改一改
不必理睬时代的习俗
保持温顺的美德
向时代让步
昔日重来

曾经的点燃

曾经，如此厚重
意味着过去；
孤独，如此迷人，
意味着自由
未来，如此可疑，
又如此神秘

曾经的点燃
岁月长河中的亮光
耀眼闪烁
唤醒沉睡，如清晨的阳光

新奇如叶片上的露滴
人生之初晶莹的时光

曾经的点燃
唤醒沉睡的山河岁月
世间的愉悦与苦难
成就一瞬之间
从此燃烧不言失去

记住同样的感受
记住同样的欢乐

浪漫的现实主义者

浪漫的现实主义者
在寒风雪地
向往暴雨酷暑
在每一个突破中
等待着平静
或者拒绝平静

浪漫的现实主义者
扶犁深耕不避风雨
挥霍着，也积聚着

感悟生的硬度
以及柔弱
日积月累
老去或者重生

浪漫的现实主义者
成就的诗篇
不会出现在书本上
不会出现在大路上
踏印无痕

因为是浪漫的
因为是现实的

无须追溯
或轻柔或沉重地存在着，存在着

奔赴高贵 野蛮的血液

我们同样孤独，东奔西突
野蛮的血液奔赴高贵
留下遍地的粗陋与匆忙

接纳传递着人们的思想
既低俗又高尚

小小的躯体，筑起城市丛林
大大的理想，撑起无尽的欲望
那些文字，宛若房屋楼宇

星辰出现的时候，太阳离场
太阳出来的时候，星辰谢幕
我们同样孤独？

或者放歌 让我说，低语

让我说，低语或者放歌
这个世界，有你有我
阳光灿烂的日子，
阴雨连绵的日子，
或者云遮月，雾霭弥漫
我在看你，静默以待
时间可摧我，亦多愁善感

一定捣碎了敏感脆弱
一定重塑着聚散离别

让我说，让我对你说
这个鲜花铺路的世界
这个布满荆棘却也魅惑无边的
世界
神秘的萌动悄然生长

多姿多彩宽阔无边的世界
充满苦难灾难深重的世界
世界流泪却不伤悲
我相信柔弱无度的依恋

我在认真听，我在专注等
存放在哪里了，曾经的珍重
让我说，让我对你说
这个世界有你有我

时间，亲近着所有的孩子

时间，亲近着所有的孩子
悲悯而亲切
时间，让人们变得相同
虽然，人们在追求差异的道路上
越走越远

欣然接受命运的安排

那种置身风景之间的融洽
那种轻抚亲切的暖意
暴风骤雨，温婉和煦
时间，亲近着所有的孩子
春夏秋冬，日月轮回
时间，亲近着他所有的孩子。

没有什么可讲的，因为我愿意

没有什么可讲的，因为我愿意
我愿意放弃闲暇，在阳光下挥
汗如雨
倾听树叶的声响，以及亲近大地
我愿意在消沉中深思
放下一切的重负，
向往远方，看不见的未来

我愿意为着不经意的一瞥
倾心尽力，我看到了什么
或者没看到什么，都不重要
我不考虑重要或不重要
只关注愿意

没有什么可讲的，因为我愿意

众生喧哗在指责和赞美中
我选择愿意，那个最贴近灵魂
的感觉
单纯如赤子或者像个傻瓜
没有什么可顾虑的
不是存在就是消失

我愿意，在深夜、在清晨
在任何脚步达到的地方
像任何跋山涉水的行者
心怀不老的英雄梦想
风餐露宿，绝地攀登
没有什么原因
仅仅是我愿意

狂热，是生命的兴趣

雨雪纷飞
热情与冷漠相遇
悲凉与豪迈共舞
狂热，是生命的兴趣
衰落，亦是生命的兴趣
他们等待着幸福，历经苦难
他们迎接着寒冷，日久弥坚
任由那个神秘的主宰
发号施令

他们，等待着重生
坚韧地伫立着，也创造着
在进化与颓废中
野性之声遍布原野
对抗着亘古未变的沉默
存在是神圣的
一如失去，一如虚无

一如繁花似锦或者尘埃密布

我们熟知生命吗？
如果生命以这般的状态存在
我们熟知情感吗？
如果情感寄居在七尺之躯
我们熟知世界吗？
千百年来就是这个样子
山河依在，迷雾重重
我们熟知的现在以及看不见的
未来
谁在发号施令？ 谁又在执行？

生的千百种姿态
开始绽放从未有过的风姿
绰约摇曳，意趣绵绵